AF499726

L'AMANT INDISCRET OV LE MAISTRE ESTOVRDY.

COMEDIE.

Par le Sr QVINAVLT.

A PARIS,
Chez TOVSSAINCT QVINET, au Palais, ſous la montée de la Cour des Aydes.

M. DC. LVI.
Auec Priuilege du Roy.

A MONSEIGNEVR

MONSEIGNEVR LE DVC

DE CANDALE

ET DE LA VALETTE, PAIR ET COLONEL General de France, Gouuerneur & Lieutenant General pour le Roy en ses pays de Bourgogne, Bresse, haute & basse Auuergne, & General des armées de sa Maiesté en Catalogne, Roussillon & Cerdagne, &c.

ONSEIGNEVR,

La personne du Monde qui merite le moins vostre estime, oze icy vous deman-

ã ij

der l'honneur de vostre protection. C'est un INDISCRET *qui deuient ambitieux & qui malgré ses foiblesses s'asseure de se pouuoir rendre illustre en se consacrãt à vous. Encore qu'il n'ait guere fait paroistre de iugement depuis que ie l'ay fait cognoistre en ce Royaume, il n'a pas laissé de remarquer que toute la France est fortement persuadée de la iustesse du discernement que vous faites de toutes choses, & il n'a point esté assez estourdy, pour ne se pas apperceuoir qu'il doit tout le bruit qu'il s'est acquis sur nostre Theatre, à l'indulgence que vous auez euë pour ce qu'il a de defectueux ; il a bien reconu que toute la Cour n'a trouué son caractere plaisant, que parce que vous auez tesmoigné que vous ne le trouuiez pas desagreable : Et bien qu'il fasse toute sa gloire d'vn deffaut qui le rend indigne de toute sorte de bonnes fortunes, il s'est imaginé qu'il n'a qu'à se parer de l'esclat de vostre Nom, pour se mettre dans une haute estime & passer mesme pour vn* AMANT *à la mode. Pour moy,* MONSEIGNEVR, *ie vous ad-*

uoüeray que d'abord son dessein m'a semblé temeraire ; mais ensuitte il m'a paru si fort aduantageux qu'il ne m'a pas esté possible de le desaprouuer. Ce n'est pas que ie veuille prendre icy l'occasion de publier à vostre gloire tout ce que l'on peut dire de merueilleux sur un sujet si brillant & si peu commun, ie pourrois dire auec verité, que vous descendez d'un nombre infiny de Heros, dont les belles actions sont les plus riches ornements de l'Histoire ; mais que les superbes auantages que vous pouuez tirer de cette glorieuse naissance, ne sont pas vos qualitez les plus illustres & que vostre propre valeur vous peut donner assez de gloire pour n'auoir pas besoin de celle de vos Ancestres, i'adiousterois encor sans vous flatter que la Fortune, quand elle vous seroit extremement fauorable, ne pourra iamais égaler en vous par ses faueurs, celles que le Ciel & la Nature vous ont faites, & que malgré toutes ses richesses elle sera tousiours insoluable pour payer ce qu'elle doit à vostre Merite. Enfin MONSEIGNEVR, ie pourrois *m'estendre auec éclat sur les charmes de vostre Personne, sur les lumieres de vostre Esprit, & sur la grandeur de vostre Cœur si ie n'estois asseuré que ce sont des Merueilles au dessus des loüanges les plus ingenieuses. Ie n'ay garde de vouloir renfermer dans une simple lettre une matiere dont un iuste volume ne pourroit contenir que la moindre partie, & ie ne doute pas que ie ne pourrois entreprendre de faire icy vostre Eloge, sans deuenir autant Indiscret que celuy que i'ose vous offrir C'est ce qui m'oblige à vous dire que ie borne tous mes desseins à prendre icy l'occasion de vous protester que ie suis auec une passion tres-ardente & des respects tres-profonds.*

MONSEIGNEVR,

Vostre tres-humble & tres-obeïssant seruiteur.

QVINAVLT.

Extraict du Priuilege du Roy.

PAR grace & Priuilege du Roy donné à Paris le 3. iour de Iuin 1656. signé le GROS. Il est permis à Toussainct Quinet, Marchand Libraire en nostre bonne Ville de Paris, de faire Imprimer, vendre & debiter par tous les lieux de nostre obeïssance vne piece de Theatre intitulée, *L'Amant Indiscret, ou le Maistre Estourdy*, *Comedie du Sieur Quinault*, pendant l'espace de cinq ans, à commencer du iour que ladite piece sera acheuée d'imprimer, & defences sont faites à toutes personnes de l'imprimer, vendre ny debiter pendant ledit tẽps, sur peine de quinze cens liures d'amende, & de tous dépens, dommages & interests, comme il est plus amplement porté par lesdites lettres de Priuilege.

Signé BALARD, Sindic.

Enregistré sur le liure de la Communauté, le neufiéme de Iuin 1656. suiuant l'Arrest du Parlement du 9. Avril 1653.

Acheué d'imprimer pour la premiere fois le 26. Iuin 1656.

Les Exemplaires ont esté fournis.

ACTEVRS.

CLEANDRE, amant de Lucresse.

PHILIPIN, valet de Cleandre.

CARPALIN, hoste de la Teste-noire.

COVRCAILLET, hoste de l'Espée royale.

LISIPE, autre amant de Lucresse.

LVCRESSE, Maistresse de Cleandre & de Lisipe.

ROSETTE, seruante de Lucresse.

LIDAME, Mere de Lucresse.

La Scene est à Paris.

L'AMANT INDISCRET, OV LE MAISTRE ESTOVRDI.

COMEDIE.

ACTE I.

SCENE PREMIERE.

CLEANDRE, PHILIPIN.

CLEANDRE.

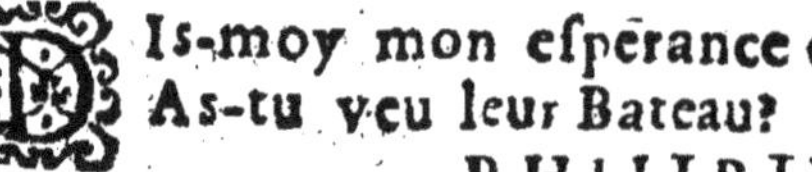

DIs-moy mon espérance est-elle bien fondée?
As-tu veu leur Bateau?

PHILIPIN.

La Coche est abordée;

On auoit mis la planche au bord on l'arreſtoit,
Et quand ie ſuis venu, tout le monde en ſortoit,

CLEANDRE.

Mais as-tu remarqué ceſte Beauté ſi chere?

PHILIPIN.

I'ay veu diſtinctement Lucreſſe auec ſa Mere.

CLEANDRE.

Ne me flattes-tu point? de grace dis-le-moy,
As-tu veu cet Obiet?

PHILIPIN.

Tout comme ie vous voy;

CLEANDRE.

Poſſible as-tu creu voir.

PHILIPIN.

Ha ie ne ſuis pas dupe!
I'ay fort bien remarqué la couleur de ſa Iupe,
I'ay fort bien diſcerné ſa façon de marcher,
Et i'ay connu ſa Mere à l'entendre cracher.
De plus i'ay dés l'abord obſerué dans la preſſe,
Qu'vn certain Fanfaron conduit voſtre Maiſtreſſe.

CLEANDRE.

C'eſt peut-eſtre vn parent.

PHILIPIN.

Où quelque Amant tranſy;
Mais bien-toſt ſur ce point vous ſerez eclaircy.

CLEANDRE.

Ie vay donc les attendre en cette hoſtellerie,
Ainſi que tu m'as dit!

PHILIPIN.

Depeſchez, ie vous prie!
Sur ce qu'on vous eſcrit vous pouuez bien iuger
Qu'en cette hoſtellerie elles viendront loger:
Ie vais entretenir Rozette leur ſeruante
Qui comme vous ſçauez, n'eſt pas deſobligeante:
Tandis preparez l'hoſte, & donnez ordre à tout.
Nous les amenerons, nous en viendrons à bout.
Sur tout gardez, Monſieur! de faire aucune faute.

CLEANDRE.

Ie n'y manqueray pas ; va va ; mais voicy l'hoste.

SCENE II.

CARPALIN, COVRCAILLET, CLEANDRE.

CARPALIN.

POur boire du meilleur, Monsieur! entrés ceans.
Nous ne debitons point de gros vin d'Orleans,
Nous auons du Chably, de l'Arbois & du Beaune,
Et du bon Coindrieux qui croist au bord du Rosne.

COVRCAILLET.

Monsieur! l'on boit icy, mais du plus delicat
Du vin de Malaguet, Contepordrix, Muscat,
Du vin de Lasciotat & de la Maluoisie
Plus douce que Nectar, plus douce qu'Ambroisie.

CARPALIN.

Il a de ces boissons comme i'en ay dans l'œil:
C'est du vin de Nanterre, ou du vin d'Argenteuil.
Qu'on seroit bien traicté chez ce vilain chat maigre!
Pour les éuanoüis il a de bon vinaigre.

COVRCAILLET.

De meilleur que le tien.

CARPALIN.

Tu n'es qu'vn gargotier:
Qu'vn frelateur de vin qui gaste le mestier.

COVRCAILLET.

O le gros fricasseur!

CARPALIN.

O l'impertinent drille,

C'est vn palefrenier qui fait dancer l'estrille!

GOVRCAILLET.

Monsieur venez chez moy, c'est vn écorche-veau.

CARPALIN.

Si tu ne sorts d'icy, ie frotte ton museau.

CLEANDRE.

Messieurs accordez-vous!

CARPALIN.

Rentre, ou ie te bouchonne.

COVRCAILLET.

Toy, si tu l'auois fait, il t'en cousteroit bonne.

CLEANDRE.

En me tirant ainsi vous ne m'obligez point;
Vous auez en trois lieux deschiré mon pourpoint.

CARPALIN.

Si ie prends vn baston!

COVRCAILLET.

C'est ce que ie demande.

CLEANDRE.

Ne faites point icy de querelle plus grande,
Ce tumulte & ce bruit destourne les passans,
Allez i'entre en ce lieu.

SCENE III.

CARPALIN, CLEANDRE.

CARPALIN.

C'Eſt parler de bon ſens,
Monſieur / aſſeurément c'eſt à la Teſte-noire
Que les honneſtes gens s'arreſteront pour boire.

CLEANDRE.

Ce n'eſt pas pour le vin que ie m'arreſte icy.
Auez-vous à manger?

CARPALIN.

Nous en auons auſſi
Nous fournirons des mets & des plus delectables
Qui ſe peuuent ſeruir ſur les meilleures tables,
Des Potages bien faits & bien aſſaiſonnez,

CLEANDRE.

Il en faudra quelqu'vn.

CARPALIN.

Et des mieux mitonnez
De Pigeonneaux farcis, de volailles bien faites,
Auec des champignons, beatils, andouillettes,
Cardes, marons, pignons & fins palais de bœuf,
Couronnez de citron, grenade & iaune-d'œuf,

CLEANDRE.

C'eſt aſſez.

CARPALIN.

S'il vous plaiſt, nous aurons bien l'adreſſe
D'en faire au riz de veau, d'en faire à la Princeſſe,

Bisque & potage ensemble auec des pigeonneaux,
Auec poulets de grain, cailles & cailletteaux.

CLEANDRE.

Il n'en faut qu'vn fort bon.

CARPALIN.

Si vous en voulez quatre,
Ce n'est rien que du prix dont il se faut debatre.
Vous serez bien seruy, iamais l'Escu-d'argent
N'a veu de potager qui soit plus diligent,
Qui sçache assaisonner d'vne meilleure sorte.
I'ay des bras Dieu mercy ! qui n'ont pas la main morte.

CLEANDRE.

Vous aurez quelque entrée?

CARPALIN.

On l'entend bien ainsi.
Haschis, langues de bœuf, & boudins blancs aussi,
Des poulets fricassez, auec la sausse blanche,
Quelque pieds de mouton, de iambon mis en tranche,
Vne capilotade auec croute de pain.

CLEANDRE.

C'est trop.

CARPALIN.

Ce n'est pas trop pour eueiller la faim,
Pour rosty nous aurons Chapons gras & Poulardes,
Gelinotes, Faisants, Tourtres, Perdris, Outardes,
Griues, Canards, Vanneaux, Cercelles & Ramiers,
Becassines, Courlis, Halebrans & Pleuuiers.

CLEANDRE.

Finissez ce recit mon Maistre, ie vous prie!

CARPALIN.

L'on ne manque de rien dans ceste hostellerie,
S'il faut des entremets, vn hachy de chapon
En raisin de Corinthe auec ius de mouton,
Vn bassin d'ortholans, quelqu'autre de gelée,
La pistache en ragout, l'amende rissolée?

CLEANDRE.

Il n'en faudra pas tant.

CARPALIN.

Si vous voulez du fruit
I'ay tout ce que de bon la Tourraine produit.

CLEANDRE.

C'est assez, c'est assez, ce long babil me tue!
Ie ne demande point de chere superfluë.

CARPALIN.

Si vous vouliez traicter en vn iour de Poisson,
Nous en accomodons de plus d'vne façon.
Nous pourrions vous donner pour le premier seruice
Potage de santé, potage d'escreuisse,
Potage de poids-verds, d'esperlans, de nauets,
D'oignons, de tailladins, de ris, & de panets;
Saumont, brochet, turbot, alose, truitte, & saule
Soit fris au courbouillon, en ragoust, en castrolle,
Saumonnez ou rostis.

CLEANDRE.

C'est pour vn autre iour.

CARPALIN.

Nous y pourrions mesler quelques pieces de four.
Oeufs filez, œufs mignons, champignons à la cresme,
Laictances en ragousts.

CLEANDRE.

Sa longueur est extreme.

CARPALIN.

Ramequins & bugnets, artichauts fricassez,
Gelée & blanc-manger.

CLEANDRE.

C'est assez, c'est assez,
Parlons pour le present.

CARPALIN.

Monsieur c'est pour vous dire
Qu'entre les Cabarets le mien n'est pas le pire.

CLEANDRE.

Vne troupe modeste en ce lieu doit venir,
Et de fort peu de mets sa table on peut fournir.
Sur tout vous payant bien, pourez vous bien vous
De? (taire,

CARPALIN.

De quoy? dites donc.

CLEANDRE.

D'vn amoureux mistere.

CARPALIN.

D'vn mistere amoureux? me faire cet affront?
Ha Monsieur la rougeur desia m'en vient au front!
I'ay tressué d'anhan, oyant cette parole.

CLEANDRE.

Seichez cette sueur auec cette pistole;
Et croyez que chez vous si i'ay quelque bon-heur,
I'y sçauray conseruer tout bien & tout honneur.

CARPALIN.

C'est ce que ie demande, & i'abhorre le blâme;
Vous pouriez bien icy conduire quelque Dame.

CLEANDRE.

Ouy.

CARPALIN.

C'est tout-vn, i'apprend auecque les sçauans,
Que l'on peut auiourd'huy viure auec les viuans.
Des affaires d'autruy ie ne m'enqueste guere,

CLEANDRE.

Escoutez, nous aurons vne fille & sa mere,
Quelques valets encor.

CARPALIN.

Ha ie vous entend bien!
Ce sont en bon François gens qui ne valent rien.

CLEANDRE.

Nullement, nullement; vostre discours m'irrite;
Ie vous parle de gens d'honneur & de merite.

CARPALIN.

Qui meritent l'honneur d'auoir la Fleur-de-lis,

CLEANDRE.

Insolent parlez mieux !

CARPALIN.

Si ce n'est rien de pis.

CLEANDRE.

Ne vous imprimés point vne peur ridicule.

CARPALIN.

Ma Maison iusque icy se trouue sans macule :
Lors que i'y suis entré, ie l'ay fait reblanchir;
Ie veux m'y conseruer plutost que m'enrichir:
Mais quand on est instruit, on pesche sans scandale.

CLEANDRE.

Tout beau dãs mes desseins il n'est rien qui soit sale;
C'est vne honeste amour qui regle mon desir.

CARPALIN.

Viuant en tout honneur vous me feréz plaisir.

CLEANDRE.

La marmite est au feu?

CARPALIN.

Non; mais il l'y faut mettre.

CLEANDRE.

Mais le temps est pressé, qui ne le peut permettre.
Auez vous vn chapon bien gras & bien refait?

CARPALIN.

Il m'en viendra du Mans qui seront à souhait.
S'ils ne sont d'vne chair & delicate & tendre,
Fussent-ils en morceaux, ie les veux bien reprendre.

CLEANDRE.

Mais vous n'en auez point?

CARPALIN.

Non pas pour le present.

CLEANDRE.

O qu'icy ie rencontre vn hoste mal plaisant!
Auez-vous des poulets pour mettre en fricassée?

CARPALIN.

La porte de Paris n'est pas bien loing placée.
On ira promptement.

CLEANDRE.

N'auez-vous rien icy?
Quoy ny bœuf, ny mouton?

CARPALIN.

Il m'en vient de Poissy.

CLEANDRE.

N'auez-vous rien de cuit? n'auez-vous rien pour cuire?

CARPALIN.

I'aurois vn pigeonneau qui pouroit bien vous duire.

CLEANDRE.

C'est trop peu qu'vn pigeon.

CARPALIN.

Aussi bien cet oiseau
S'est noyé hier au soir beuuant dans nostre seau.
Helas la pauure beste elle est morte enragée!
Et nonobstant cela, ma femme l'a mangée.

CLEANDRE.

Auez-vous des pastez? où me suis ie embourbé?

CARPALIN.

Monsieur! pour des pastez nostre four est tombé:
Mais i'attens le Maçon qui s'en va le reffaire.

CLEANDRE.

Est-ce ainsi que chez vous on fait si bonne chere?

CARPALIN.

Pour cette heure Monsieur! vous m'auez pris sans vert;
S'il vous plaist toutes-fois vne saulce-Robert.
Nous auons de porc frais, de fines cottelettes
Grasses, de bonne chair, tendres & bien doüillettes.

CLEANDRE.

Cela ne suffit pas; où m'a-t'on adressé?

CARPALIN.

Donnez moy de l'argent, si le cas est pressé,
I'iray prendre vn chapon à la rotisserie.

CLEANDRE.

Il est fort à propos; faites donc, ie vous prie,
Et que l'on ait encore la couple de poulets:
Tenez, enuoyez donc, auez vous des valets?

CARPALIN.

Trouue t'on des valets sans vice & sans reproche?
Non; mais i'ay mon *Barbet* qui tourne bien la broche.
Il sera dans sa rouë auant qu'il soit long-temps
Ie reuiendray bien-tost.

CLEANDRE.

Allez, ie vous attends
Courez ie vous supplie, & ne demeurez guere.
Ma Maistresse en ce lieu fera mauuaise chere;
Mais ie la feray bonne en voyant ses beaux yeux
Dont l'azur est plus clair que n'est celuy des Cieux,
Quel homme vient icy? sa presence importune
S'en va seruir d'obstacle à ma bonne fortune.

SCENE IV.

CLEANDRE, LISIPE.

CLEANDRE.

Est-ce vous cher Lisipe? est-ce vous que ie voy?
Ne m'abuse-je point?

LISIPE.

Non Cleandre, c'est moy.

CLEANDRE.

Quelle heureuse rencontre! & quoy dans cette ville?

LISIPE.

I'ay fait assez long-temps vn mestier inuisible,
Où ie n'ay rien gagné si ce n'est quelques coups:
Il est temps que chez moy ie cherche vn sort plus doux.
Ie me sens tout vsé d'auoir porté les Armes,
Et pour moy desormais le repos a des charmes.
Ie suis prest d'espouser vne rare Beauté
Où ie borne mes vœux & ma felicité:
Et i'ay fait de Paris le voyage auec elle,
Pour vuider vn procez qui dans ce lieu l'appelle,

CLEANDRE.

Depuis trois ans passez vous estes hors d'icy
Sans nous auoir escrit?

LISIPE.

Cleandre il est ainsi:
Mais les mains qu'on employe à seruir aux armées,
D'escrire bien souuent sont desacoustumées:
Puis on a de la peine à les faire tenir.

CLEANDRE.

Et puis de ses amis on pert le souuenir.

LISIPE.

Point du tout, i'eus tousiours Cleandre en ma memoire.

CLEANDRE.

C'est m'obliger beaucoup que me le faire croire.

LISIPE.

He bien l'on m'a conté que vous joüez tousiours!
Comment va la fortune?

CLEANDRE.

Elle est dans le decours.
Ma Maison de Paris, depuis vn mois venduë,
En beaux deniers comptants dans mes mains s'est funduë.

LISIPE.

Lors que le malheur dure, il est bien affligeant.

CLEAN-

CLEANDRE.

Quand ie iette les dez, ie iette mon argent;
Et si ie m'emancipe à dire tope ou masse,
Le mal-heur qui me suit, ne me fait point de grace,
Si ie joüe au piquet auec quelque ostrogot
Il me fera vingt fois pic, repic & capot.
En dernier il aura deux quintes assorties,
Et vingt fois pour vn point ie perdray des parties.

LISIPE.

Le jeu n'est pas plaisant lors que l'on perd ainsi.

CLEANDRE.

I'ay perdu le desir de plus ioüer aussi
Et i'en ay fait serment au moins pour six sepmaines.

LISIPE.

Les serments d'vn ioüeur sont des promesses vaines,
Ie suis fort asseuré que vous n'en ferez rien.

CLEANDRE.

Ie pretends menager le reste de mon bien,
Et n'iray plus tenter vn hazard si nuisible.

LISIPE.

Ha ceste retenuë est du tout impossible!
Vostre ame pour le jeu sent trop d'emotion.

CLEANDRE.

Elle est pleine aujourd'huy d'vne autre passion.

LISIPE.

D'ambition, d'amour?

CLEANDRE.

C'est d'amour, cher Lisipe!

LISIPE.

Dans ce jeu bien souuent, comme aux autres on pipe,
Et par fois tel amant s'embarque auec chaleur
Qui perd souuent son fait & ioüe auec malheur,
Est-ce pour vne vefue, ou bien pour vne fille?

CLEANDRE.

C'est pour l'vnique enfant d'vne bonne famille,
Pour vne fille riche & belle au dernier point.

LISIPE.

Et qui souffre vos soins?

CLEANDRE.

Et qui ne me hait point.

SCENE V.

LISIPE, PHILIPIN, CLEANDRE.

LISIPE.

Est-elle de Paris?

PHILIPIN *à part.*

Ha!

CLEANDRE.

Non, elle est d'Auxerre.

PHILIPIN *à part.*

C'est son riual.

LISIPE.

C'est-là que i'ay certaine terre:
M'aprendrez-vous comment se forma cet Amour?

CLEANDRE.

I'estois dedans Auxerre, & dans vn Temple vn iour.

PHILIPIN *à Cleandre.*

Monsieur que pensez-vous d'en vser de la sorte?

CLEANDRE.

C'est vn de mes amis.

PHILIPIN.

Il n'importe.

CLEANDRE.

Il n'importe?

Quand ie vis cet obiect si charmant & si beau,
Que ie dois l'adorer iusques dans le tombeau,

LISIPE.

Son nom?

PHILIPIN.

Gardez-vous bien.

CLEANDRE.

On la nomme Lucresse.

PHILIPIN.

Hé Monsieur!

LISIPE *à part.*

C'est aussi le nom de ma maistresse.

CLEANDRE.

Vn de ses gans tomba, i'allay luy presenter,
Et luy fis compliment.

PHILIPIN.

Il va tout luy conter.

CLEANDRE.

A ce premier abord nos deux cœurs tressaillirent;
Nos ames doucement dans nos yeux se perdirent,
Et mutuellement aprirent en ce iour
Quelle est l'emotion d'vne premiere amour.
Ie la suiuis vingt pas: mais redoutant sa mere,

PHILIPIN.

Arrestez.

CLEANDRE.

Oste-toy qui parois fort seuere:
Elle me coniura de n'aller pas plus loing;
Mais i'apris sa demeure auec beaucoup de soin,
Et depuis dans Auxerre en differens voyages
I'obtins de ses bontez d'assez grands tesmoignages.

PHILIPIN.

Que dira-t'il encor?

CLEANDRE.

Mon valet par hazard
Cognoissoit sa seruante.

PHILIPIN.

Ha le Diable y ait part.

CLEANDRE.

Et ceste fille adroite & bien sollicitée
Auec beaucoup d'ardeur à m'aimer la portée,
Iusque à me protester & me donner sa foy
De n'accepter iamais d'autre mary que moy.

PHILIPIN.

Bon c'est bien debuté ! belle decouuerture!

LISIPE.

Amy ! voila sans doute vne belle auanture ;
Mais quelle occasion vous fait venir icy?

CLEANDRE.

Ma Maistresse bien-tost s'y doit trouuer aussi:
Car sa mere d'Auxerre auec elle l'ameine.

PHILIPIN.

Que dites-vous?

CLEANDRE.

Tay-toy.

PHILIPIN.

Vostre fiebvre quartaine!

CLEANDRE.

Dans cette hostellerie elles viendront loger:
L'hoste est vn homme adroit que i'ay sçeu mena-
ger.
Chez luy ....

PHILIPIN.

Vous parlez mal.

CLEANDRE.

Maraut te veux-tu taire?
Ie verray librement cette beauté si chere.

PHILIPIN.

I'enrage;

LISIPE.

Auec sa mere il vous faudra traicter?

CLEANDRE.

En parlant à Lidame on pourroit tout gaster.

PHILIPIN.

Ha voila tout perdu!

LISIPE.

Sa mere eſt donc Lidame?

CLEANDRE.

Vous la cognoiſſez-donc?

LISIPE.

Ouy, ouy pour vne femme
Qui prend de bons conſeils, qui ſçait en bien vſer,
Et que malaiſement vous pourez abuſer.
Ie ſçay qu'homme viuant n'eſpouſera ſa fille
Qu'il ne ſoit de fort noble & fort riche famille,
Et malgré tous vos ſoins, ie vous donne ma foy
Qu'elle n'aura iamais autre gendre que moy.

PHILIPIN.

Monſieur en tenez vous?

LISIPE.

Sur tout ie vous proteſte
Qu'elle hait vn ioüeur comme elle fait la peſte,
Auant qu'il ſoit long-temps, vous le pourrez ſça-
uoir.

CLEANDRE.

Liſipe encor vn mot!

LISIPE.

Adieu iuſque au reuoir.

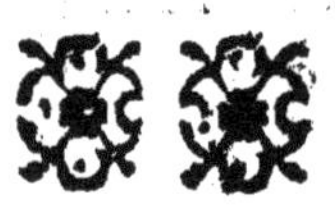

SCENE VI.

PHILIPIN, CLEANDRE

PHILIPIN.

MA foy le trait est drole: ô Dieu quelle imprudence!
Faire à vostre riual entiere confidence!

CLEANDRE.

Que dis-tu, Philipin? Lisipe est mon riual?

PHILIPIN.

Rosette me l'a dit.

CLEANDRE.

O mal-heur sans égal!

PHILIPIN.

Moy, i'appelle cela sottise sans exemple.
Il a laissé Lucresse & sa mere en vn Temple:
Cependant qu'en ces lieux il a voulu venir
Pour voir l'hostellerie & pour la retenir;
Et sans vostre rencontre & vostre peu d'addresse,
Vous eussiez peu loger auec vostre Maistresse.
Vous estiez bien pressé de conter vos amours:
Lors que ie vous tirois, vous poursuiuiez tousiours:
En decouurant ainsi tout ce qui vous regarde
Vous auez contenté vostre humeur babillarde.
Vous pourrez desormais vous adresser ailleurs:
Mes desseins sont rompus, faites en de meilleurs;
Vostre indiscretion n'eut iamais de semblable.

CLEANDRE.

N'insulte point au sort d'vn amant miserable.
Le desespoir qui suit mon indiscretion,
Ne suffira que trop pour ma punition.
Croy que bien-tost ma mort finira ma misere.

PHILIPIN.

Ha gardez-vous en bien! vous ne sçauriez pis faire:
Entrons pour vous seruir ie veux faire vn effort,
On remedie à tout; mais non pas à la mort.

Fin du premier Acte.

ACTE II.

SCENE PREMIERE.

LISIPE, LVCRESSE, ROSETTE.

LISIPE.

Voicy l'appartement, belle & chere Lucresse!
Que suiuant mes desirs vostre mere vous laisse.

LVCRESSE.

Il y faut demeurer; mais par quelle raison
Nous faites vous loger dedans cette maison?
Cette chambre est petite, & de plus mal garnie.
Ie serois beaucoup mieux dans l'autre hostellerie.

LISIPE.

Ouy vous y seriez mieux; mais i'y serois plus mal,
Vous verriez vostre amant, ie verrois mon riual.

LVCRESSE.

Quel riual? ha Lisipe expliquez-vous de grace!

LISIPE.

Ie m'explique assez-bien; ie sçay ce qui se passe.
Vn galant dans ce lieu n'auoit pas rendez-vous?

LVCRESSE.

Estes-vous insensé ?

LISIPE.

Non, mais ie suis jaloux:
Vous ne m'aimez pas fort.

LVCRESSE.

Cela pourroit bien estre.

LISIPE.

Vous cognoissez Cleandre ?

LVCRESSE.

Hé-bien pour le connoistre?
Vn motif si leger vous peut-il alarmer?
Est-ce vn crime si grand?

LISIPE.

C'en est vn de l'aimer.

LVCRESSE *à part*.

Il sçait tout, quel malheur!

LISIPE.

Vous rougissez Lucresse?

LVCRESSE

Si l'on me void rougir c'est de vostre foiblesse,
De vos soupçons fâcheux iniustement conceus.

LISIPE.

Ne vous emportez pas, respondez là dessus.
Pouuez-vous denier que vous aimez Cleandre,
Qu'en l'autre hostellerie il vous deuoit attendre?
Cleandre librement m'a tout dit auiourd'huy.

LVCRESSE.

Cleandre!

LISIPE.

Ouy Cleandre, ouy i'ay tout sçeu de luy:
De vostre affection il fait si peu de conte,
Qu'il s'en vante desia par tout à vostre honte.

LVCRESSE.

Dieu, que me dites-vous?

LISIPE.

Ie dis la verité.

LVCRESSE.

Ha quelle perfidie ! ha quelle lâcheté!

LISIPE.

C'eſt auecque raiſon que ce depit éclatte:
Pour punir cet ingrat ceſſez de m'eſtre ingratte.
Faites iuſtice à tous, & payez en ce iour
Le meſpris par la haine, & l'amour par l'amour.
Changez en vn feu pur vne ardeur criminelle.
Liſipe tout au moins, vaut bien vn infidelle;
Voſtre mere m'attend, adieu penſez y bien:
Ie ſuis aſſez diſcret pour ne luy dire rien.
Ce n'eſt pas ſans reget qu'ainſi ie me retire;
Mais chez ſon Procureur ie dois l'aller conduire.

SCENE II.

LVCRESSE, ROSETTE.

LVCRESSE.

I'Ay fait ſur l'apparence vn iugement bien faux.
Ha qu'vn homme bien fait a ſouuent de deffaux!
Que ce cruel meſpris ſenſiblement me fâche!
Que ie ſuis mal-heureuſe! & que Cleandre eſt lâche!

ROSETTE.

Mais. . . . . .

LVCRESSE.

Ha ne me dis rien pour cet ingrat amant,
Et ne t'oppoſe point à mon reſſentiment!

Ie ne suis que trop foible encor contre ce traître;
Mais que veut le valet de ce perfide Maistre?

SCENE III.

PHILIPIN, LVCRESSE, ROSETTE.

PHILIPIN.

ROsette, Dieu te gard!

ROSETTE.

Où viens-tu malheureux?
Si Lidame ou Lisipe.

PHILIPIN.

Ils sont sortis tous deux.

ROSETTE.

Chez nostre Procureur ils vont pour quelque affaire,
Il loge icy tout proche, ils ne tarderont guere,

PHILIPIN.

Ie ne tarderay guere à m'en aller aussi.

LVCRESSE.

Que vous dit Philipin? que cherche-t'il icy?

PHILIPIN.

Ie viens vous y chercher de la part de Cleandre.
Escoutez.

LVCRESSE.

De sa part je ne veux rien entendre.

PHILIPIN.

La fierté vous sied bien; mais puis-je me flatter
Que de ma part au moins vous vouliez m'escouter?

LVCRESSE.

Non, sortez.

PHILIPIN.

D'où luy vient cette humeur dedaigneuse?
Ie ne la vis iamais si triste & si grondeuse,

ROSETTE.

Elle en a bien raison ; ton Maistre....?

PHILIPIN.

Qu'a-t'il fait?

ROSETTE.

Ton maistre n'est ma foy qu'vn insolent parfait,
Il sçait fort mal couurir l'honneur d'vne maistresse;
Lisipe a sceu de luy les secrets de Lucresse,

LVCRESSE.

Mes bontez l'ont rendu trop vain & trop hardy,

PHILIPIN.

A dire vray, mon Maistre est assez estourdy;
Mais sa franchise seule, & non pas sa malice
Luy rend souuent ainsi quelque mauuais office,
Lisipe est son amy ; mais ie puis protester
Qu'il n'a rien sceu de luy qui vous doiue irriter.

LVCREESE.

Ce qu'il a dit pourtant n'est pas fort à ma gloire,

PHILIPIN.

Lisipe est son riual, on ne le doit pas croire.

LVCRESSE.

Son raport par le tien n'est que trop confirmé.
Commençant d'estre ingrat il cesse d'estre aimé.

PHILIPIN.

Ma foy si vous sçauiez comment de cette offence
Des-ja mon pauure Maistre a fait la penitence,
Comme il se desespere, & iure en son transport
Que pour perdre Lisipe il differe sa mort,
D'vne fiere tigresse eussiez vous la furie,
Ie gage qu'à l'instant vous seriez attendrie,
Vous en auriez pitié,

LVCRESSE,

LVCRESSE.

Ie n'en dois point auoir.
Va dis luy que iamais il n'espere me voir.
Mon amour fut moins grand que ma colere est
forte.

PHILIPIN.

C'est dont fait de sa vie.

LVCRESSE.

Il n'importe, il n'importe.

PHILIPIN.

Peste qu'elle est cruelle!

LVCRESSE.

Ouy : fors sans raisonner;
Dis-luy, que ie ne puis iamais luy pardonner.

PHILIPIN.

Vous voulez donc qu'il meure?

LVCRESSE.

Apres vn tel outrage
Qu'il meure, il ne sçauroit m'obliger dauantage.
Va, va l'en aduertir; va donc: mais quoy? reuien.

PHILIPIN.

Que luy diray-ie enfin?

LVCRESSE.

Dis-luy; ne luy dis rien.

PHILIPIN.

Voila bien des façons pour n'auoir rien à dire.

LVCRESSE.

A ce iuste courroux mon cœur ne peut soubscrire;
Tout criminel qu'il est, ie ne le puis hair.
Ie ne puis me vanger, quoy qu'il m'ait pû trahir.
Et s'il auoit pour moy quelque tendresse encore,
Ie luy pardonnerois.

PHILIPIN.

Madame il vous adore,
Et s'il n'a pas l'honneur de vous voir auiourd'huy,
Ie le tiens assez sot pour en mourir d'ennuy.

LVCRESSE.

Helas! comment le voir?

PHILIPIN.

La chose est fort aisée.
Pour peu qu'à le souffrir vous soyez disposée,
Vous pouuez quelque-part luy donner rendez-vous;

ROSETTE.

Quelqu'vn heurte à la porte:ha Dieu que ferons nous!
C'est vostre amant bouru; ie tremble en chaque membre.

LVCRESSE.

I'ouuriray, fais le entrer dedans cette antichambre.

SCENE IV.

LISIPE, LVCRESSE, PHILIPIN, ROSETTE.

LVCRESSE.

VOus reuenez bien-tost?

LISIPE.

Ce n'est pas sans raison;

LVCRESSE.

Comment?....

LISIPE.

Le Procureur n'est pas à la maison.

LVCRESSE.

Ma mere pour l'attendre est elle demeurée?

LISIPE.

Nullement, dans sa chambre elle s'est retirée.
Et ie vais cependant chercher quelques papiers
Qu'il faut dans le procez produire les premiers.

LVCRESSE.

Où voulez-vous aller?

LISIPE.

Prendre nostre valize,

Dedans cette anti-chambre où nostre hoste l'a mise.

LVCRESSE.

De grace demeurez!

PHILIPIN.

S'il me void, ie suis mort.

LISIPE.

D'où vient qu'en m'arrestant vous vous troublez si fort?

PHILIPIN.

Ma foy c'est à ce coup.

LVCRESSE.

Ie vay vous en instruire:
Escoutez seulement, i'ay beaucoup à vous dire.
Ie veux vous decouurir vn important complot:
Philipin est icy.

PHILIPIN.

Me voila pris pour sot.

LISIPE.

Quel est ce Philipin?

LVCRESSE.

Le valet de Cleandre.

PHILIPIN.

Ie suis gasté sans doute, on luy va tout apprendre.

LVCRESSE.

Philipin est icy venu me coniurer
De donner rendez vous.

PHILIPIN.

Où dois-je me fourer?

LVCRESSE.

De ce discours encor ie suis toute interditte.

PHILIPIN.

Pour vn bras disloqué i'en voudrois estre quitte.

LISIPE.

Ha que ne tien-ie icy ce maudit Philipin!

PHILIPIN.

Ie ne me vis iamais si proche de ma fin.

LISIPE.

Qu'auez-vous respondu belle & chere Lucresse?

LVCRESSE.

I'ay trompé ce valet.

PHILIPIN.

Ha la bonne traistresse!

LVCRESSE.

A tout ce qu'il a dit i'ay feint d'y consentir,
A dessein seulement de vous en aduertir,
Et de me plaindre apres de vostre deffiance.

PHILIPIN.

Ha pauure Philipin, songe à ta conscience!

LISIPE.

Le dessein de Cleandre est de vous enleuer;
Mais Madame! en quel lieu le deuez-vous trouuer?

LVCRESSE.

Dans la place Royalle.

PHILIPIN.

Elle donne le change.

LISIPE.

De ce lasche riual il faut que ie me vange.

LVCRESSE.

Où courez-vous Lisipe!

LISIPE.

Ha ne m'arrestez-pas!
Ie vais au rendez-vous le trouuer de ce pas.

SCENE V.

LVCRESSE, ROSETTE, PHILIPIN.

LVCRESSE.

FAis venir Philipin.

ROSETTE.

Sors, sors en diligence.

PHILIPIN.

Vous venez d'exercer assez ma patience.
D'vne fiebvre quartaine vn importun frisson
Ne m'eust pas fait trembler de meilleure façon.
Mais pour reuoir mon Maistre il est temps que ie sorte;
Ne vous verra-t'il point quelques-fois à la porte?

LVCRESSE.

Ouy, dis-luy qu'il pourra me parler vn moment,
Quand il verra sortir ma mere & mon amant.

PHILIPIN.

Pour vostre amant ialoux dans peu de temps i'espere
Qu'il n'obsedera plus ny vous ny vostre mere.

LVCRESSE.

Parles-tu tout de bon?

PHILIPIN.

C'est vn coup asseuré
Pour cet effect nostre hoste est des-ja preparé.

Il doit se deguiser & c'est pour vn mistere
Qu'à mon maistre indiscret i'ay mesme voulu taire,
De crainte qu'il ne veinne encor nous tourmenter,
Et qu'en pensant bien faire il n'aille tout gaster:
Mais comme ie cognois que vous estes discrette,
Cette affaire pour vous ne sera pas secrette.

ROSETTE.

Dieu! la porte est ouuerte & voicy le jaloux.

SCENE VI.

LISIPE, LVCRESSE, PHILIPIN, ROSETTE.

LISIPE.

Vous ne m'auez pas dit l'heure du rendez-vous:
Mais que veut ce maraut?

PHILIPIN.

C'est vous que ie demande
Pour vous dire deux mots d'importance fort grande.

LISIPE.

Parle.....

PHILIPIN.

C'est en secret que ie vous dois parler.

ROSETTE.

Ie le tiens fort subtil, s'il peut s'en demesler.

PHILIPIN. *à Lisipe,*

Par l'ordre de Cleandre auec beaucoup d'adresse
Ie suis venu sonder la vertu de Lucresse;
Et i'ay par mes discours si bien sçeu l'emouuoir
Que mon Maistre a receu rendez-vous pour la voir:
Mais sçachant vostre amour, loin de vous faire outrage
Il renonce pour vous à ce grand aduantage:
Et veut vous faire voir par ce prompt changement
Qu'il est meilleur amy qu'il n'est discret amant.
Il ne pretend plus rien au cœur de cette belle
Et vous fait aduertir d'auoir l'œil dessus elle.

LISIPE.

Pour vn si bon aduis reçois ce diamant:
Que ton Maistre m'oblige!

PHILIPIN.

O Dieu, quel changement!

LISIPE.

Madame Philipin de la part de Cleandre
Touchant le rendez-vous vient de me tout apprendre,
Le croyant mon amy, ie n'estois pas trompé.

LVCRESSE *à part.*

La deffaite est fort bonne, & Lisipe est dupé.

SCENE VII.

LISIPE, CARPALIN, *deguisé en Paisan.* PHILIPIN, LVCRESSE, ROSETTE.

LISIPE.

MAis que nous veut cet homme?

PHILIPIN.

Il paroir sans malice.
C'est nostre hoste Madame! aidez à l'artifice.

CARPALIN.

Monsieur ne vous deplaise! on m'auoit dit qu'icy
Ie trouuerois Lisipe.

LISIPE.

Ouy l'on m'appelle ainsi:
Voulez-vous me parler?

CARPALIN.

Ie veux plutost me taire,
Ie suis vn des fermiers de Monsieur vostre pere
Le pauure homme: ha Monsieur! songeant à ses malheurs,
Ie n'ay pas le pouuoir de retenir mes pleurs.

LISIPE.

Quel malheur, quoy mon pere a-t'il fait quelque perte?

CARPALIN.

La plus grande en effet qu'il ayt iamais soufferte.

LISIPE.

Quelle?

CARPALIN.

Vous l'apprendrez trop-tost à vos despens.

LISIPE.

Dites-moy tout; c'est trop me tenir en suspends.

CARPALIN.

I'ay le cœur trop serré pour le pouuoir permettre:
Mais vostre oncle Albiran m'a chargé d'vne lettre
Qui vous fera sçauoir pourquoy ie pleure tant.

LISIPE.

Donnez-donc; depeschez.

CARPALIN.

Vous l'aurez à l'instant;
Elle n'est point icy.

LISIPE.

Ie meurs d'impatience.
Cherchez dans l'autre poche auecque diligence.

CARPALIN.

Ouy: nous la trouuerons Monsieur asseurément:
Ie croy que ie la tiens.

LISIPE.

Voyez donc promptement.

CARPALIN.

Ie ne lis pas fort bien des lettres si mal faites:
Il faut que pour cela ie prenne mes lunettes.

LISIPE.

C'est trop perdre de temps, donnez-moy ce papier.

il lit.

A Monsieur Paul Grimaud apprenty sauetier.

CARPALIN.

Ce n'est donc pas pour vous: c'est pour le fils du frere
Du nepueu du cousin de deffunct mon compere.

LISIPE.

Depeschez de trouuer celle qui m'appartient.

CARPALIN.

Cà cherchons.

LISIPE.

Sçauez-vous tout ce qu'elle contient?

CARPALIN.
Ouy Monsieur ; mais il faut pourtant qu'elle se
treuue.

LISIPE.
C'est pour ma patience vne trop longue espreuue,

CARPALIN.
Monsieur asseurement ie l'auray laissé choir,
Tirant dans le batteau ma bource & mon mouchoir,
Alors qu'il a falu payer mon batelage.

LISIPE.
Ne me retenez plus en suspend dauantage:
Dites-moy promptement ce qu'on m'a pu mander.

CARPALIN.
Le diray-ie Monsieur?

LISIPE.
Dites sans plus tarder.

CARPALIN.
Feu vostre pere est mort , c'est tout ce qu'on vous
mande.

LISIPE.
Que ma douleur est viue & que ma perte est grande!
Mais il me vid partir en fort bonne santé.

CARPALIN.
Il fut surpris du mal dez qu'il vous eut quitté;
Quelques heures apres il se trouua sans vie:
Ce mal à ce qu'on dit s'appelle punaisie.

PHILIPIN.
Ou plutost pleureisie.

CARPALIN.
Ouy, Monsieur iustement,
Nous autres bonnes gens parlons grossierement.

LISIPE.
Madame pour mettre ordre au bien de feu mon
pere
Ma presence au pays sera fort necessaire.

LVCRESSE.

Ma mere auroit grand tort d'empescher ce depart,
Quand donc partirez-vous?

LISIPE.

Dans vne heure au plus tard.
De cet éloignement ie ne puis me deffendre;
Mais pres de vous bien-tost i'espere de me rendre.

CARPALIN.

Ie vay vous dire à Dieu, Monsieur!

LISIPE.

Non, demeurez.
Vous disnerez ceans & puis vous partirez.

SCENE VIII.

CLEANDRE, LISIPE, CARPALIN, PHILIPIN, ROSETTE, LVCRESSE.

LISIPE.

Mais i'aperçois Cleandre, amy que ie t'embrasse!

LVCRESSE *à part.*

Il reçoit cet accueil de fort mauuaise grace,

PHILIPIN *à part.*

Sans doute il n'est venu que pour le quereler.

CLEANDRE.

Ie voudrois bien, Lisipe, en secret vous parler!

LISIPE.

Il n'en est pas besoin, ie sçay ce qui t'ameine,
Et des-ja de ta part l'on m'a tiré de peine:
Que ne te dois-je point pour vn si grand effort?

CLEANDRE.

Qu'auez-vous donc apris? vous me surprenez fort,

ROSETTE.

Il va tout decouurir.

PHILIPIN.

Cela pourroit bien estre.

LISIPE.

Philipin m'a tout dit.

CLEANDRE.

Et qu'a-t'il dit, le traistre?

LISIPE.

Vostre dessein secret touchant le rendez-vous.

PHILIPIN,

Monsieur!

CLEANDRE.

Tu sentiras ce que pesent mes coups.

LISIPE.

A quoy bon vous seruir d'vne vaine finesse:
Puis que vous renoncez à l'amour de Lucresse?

CLEANDRE,

Moy i'y renoncerois.

PHILIPIN.

Ouy; vous me l'auez dit,

CLEANDRE.

Ha fripon!

PHILIPIN.

Ha Monsieur! soyez moins interdit.

CLEANDRE *bas*.

Ie respecte ce lieu, marault! mais ie te iure
Que mes coups puniront tantost ton imposture.

PHIL

PHILIPIN. *à Lisipe.*

Mon Maistre maintenant m'a dit tout le secret:
S'il est fort genereux, il n'est pas moins discret,
Et vous cedant Lucresse, il croit qu'en sa presence
Il ne peut l'aduoüer auecque bien-sceance.
Il est plus circonspect que l'on ne peut penser.

LISIPE.

Il a raison, & moy i'ay tort de le presser;

LVCRESSE.

Ie ne vous feray plus de contraincte plus grande.
Ie sors; pres de ma mere il faut que ie me rende,

elle parle à Cleandre.

Dissimule, aime, espere, & tu seras aymé.

LISIPE.

Amy qu'a-t'elle dit? que i'en sois informé.

PHILIPIN.

I'ay bien tout entendu, i'estois d'elle assez proche;
Elle vient de luy faire vn signalé reproche,
Dites-ouy.

CLEANDRE.

Ouy Lisipe!

LISIPE.

Ha ie m'en doutois bien!
Ie n'ay point veu d'esprit aussi fier que le tien.

CLEANDRE *regardant Carpalin.*

Mais voila Carpalin vestu pour faire rire:
D'où vient ce changement?

CARPALIN *à part.*

Monsieur qu'allez vous dire?

LISIPE.

Connoissez-vous cet homme?

CLEANDRE.

Ouy ie le connoy fort.

LISIPE.

Il est venu me faire vn funeste rapport;
Du trespas de mon pere il m'a dit la nouuelle.

PHILIPIN. *à Carpalin.*

Ie vous l'auois bien dit qu'il a peu de ceruelle.

CLEANDRE.

Comment plutost que vous a-t'il sceu ce trespas?

PHILIPIN.

C'est, ...

CLEANDRE.

Laisse-moy parler; ne m'importune pas;
Cet homme est de Paris.

LISIPE.

Ton erreur est extreme:
C'est vn de mes fermiers.

CLEANDRE.

Vous vous trompez vous mesme;
Ie le dois bien sçauoir, ie loge en son logis,

CARPALIN.

Ie vays estre bien-tost payé de mes auis.

LISIPE.

Quoy fourbe! quoy meschant! tu dis donc que mon pere

CARPALIN.

Il se porte fort bien, n'entrez point en colere,

CLEANDRE.

Pour auoir ton pardon dis nous la verité.

LISIPE.

Aprens nous qui t'enuoye.

PHILIPIN.

Ha voilà tout gasté!

CLEANDRE.

Parle donc.

CARPALIN. *à Cleandre.*

C'est pour vous qu'on m'a mis en besogne,

PHILIPIN.

Vous en auez menty sot! imposteur! yurogne!

LISIPE.

Assomme ce maraut.

PHILIPIN.

Ie n'y vay pas manquer.

CARPALIN.

Quoy traistre Philipin!

PHILIPIN.

Sors, sors sans repliquer.

SCENE IX.

CLEANDRE, LISIPE.

CLEANDRE.

De cette lâcheté me croyez vous capable?

LISIPE.

Ie sçay trop à quel point ie te suis redeuable;
Tu m'as cedé Lucresse, & tu m'as dechargé
Du soing d'vn long voyage où i'estois engagé.
Ie sçay que ta franchise est trop noble & trop pure.
Pour pouuoir consentir à la moindre imposture,
Ie serois insensé si i'auois ce soupçon,

SCENE X.

CLEANDRE, PHILIPIN, LISIPE, COVRCAILLET.

PHILIPIN.

Ie viens de l'aiuster de la bonne façon.
Il est estropié pour plus d'vne sepmaine.

COVRCAILLET.

Monsieur on vous attend dans la chambre prochaine!
Le disner est seruy,

LISIPE.

Ie vais suiure vos pas.
Amy viens auec nous prendre vn mauuais repas!

CLEANDRE.

Ie sors de table, allez vous vous faites attendre.
C'est pour vne autre fois.

LISIPE.

A Dieu donc cher Cleandre!
Ie ne suis point ingrat, croy que de tout mon bien
Tu me feras plaisir d'vser comme du tien.

CLEANDRE. *à Philipin.*

Hé bien est-ce l'entendre ? apres ce tour d'adresse
Ne puis-ie pas souuent visiter ma maistresse?
Lisipe est pris pour dupe, & ie suis le plus fin.
Il me croit son amy, qu'en dis-tu, Philipin?

PHILIPIN.

Moy, ie dis que i'enrage, & comme à l'ordinaire
Que vous destruisez tout, quand vous pensez bien faire:
Vous estiez bien tenté par l'indiscretion
De decouurir nostre hoste en cette occasion.

CLEANDRE.

C'est par là que Lisipe a connu ma franchise.

PHILIPIN.

C'est par là que mon Maistre a fait voir sa sotise:
Nostre hoste n'a parlé que pour vos interests,
Il s'est pour vous seruir deguisé tout expres,
Et des-ja par sa feinte à vostre amour vtile
Lisipe alloit quitter Lucresse & cette ville,
Et deuant son retour vous eussiez aisement
Fait consentir la belle à son enleuement.

CLEANDRE.

Qu'ay-ie dit! qu'ay-ie fait! que ie suis miserable!

PHILIPIN.

Ma foy vostre imprudence est vn mal incurable.

CLEANDRE.

Ha ne m'accuse point, accuse mon malheur
Et ne condamne point ma plainte & ma douleur.

PHILIPIN.

Aprenez que des sots la plainte est le partage.
Parlons de mettre encor quelque ruse en vsage.

CLEANDRE.

Quoy sçais-tu quelque ruse?

PHILIPIN.

Il faut en inuenter;
Mais sortons de ce lieu : l'on nous peut escouter.

CLEANDRE.

Que crains-tu?

PHILIPIN.

Ie crains tout en affaires pareilles.
Les murailles, Monsieur, ont souuent des oreilles.

Fin du second Acte.

ACTE III.

SCENE PREMIERE.

ROSETTE, PHILIPIN.

ROSETTE.

MAudits soient mille fois les hommes sans
cervelle!
Avec ses sots discours il nous l'a donné belle,
Ce Cleandre indiscret de qui l'esprit leger
Semble prendre plaisir à nous faire enrager.

PHILIPIN.

Vois-tu ! que ta colere à ton interest cedde:
Ne parlons plus du mal, & songeons au remede.
En generosité mon Maistre est sans égal.
Qu'importe qu'il soit sot, puis qu'il est liberal?
Tu te dois asseurer que de tes assistances
Tu receuras de luy de bonnes recompenses:
Pour t'en donner des-ja quelque signe euident
Tien prend ces deux Louis tousiours en attendant.

ROSETTE.

I'en auray donc encor?

PHILIPIN.

N'en doute point, Rosette!
Si mon Maistre est heureux, nostre fortune est faite;

ROSETTE.

Cet or n'a point d'esclat qui me puisse toucher:
Ie le prend toutesfois de peur de te fâcher.
Ie suis fort genereuse, & si ie sers Cleandre,
L'amitié seulement me le fait entreprendre.
Quel dommage de voir qu'vn amant si loyal
Auec le cœur d'vn Prince ayt l'esprit d'vn cheual?
Ma foy i'en ay pitié.

PHILIPIN.

Treve de raillerie!
Et sur nostre dessein raisonnons, ie te prie:
Il nous faut éloigner Lisipe de ces lieux.

ROSETTE.

Iamais homme pour moy ne fut plus odieux:
Que ie hay son humeur deffiante & seuere!
Pour le chasser d'icy ie suis preste à tout faire.

PHILIPIN.

Tâchons pour cet effet d'agir auec succez.
Ne sçais tu point où sont les papiers du procez?

ROSETTE.

Il sont dans nostre chambre, & dans nostre valize
Enfermés dans trois sacs de grosse toile grise,
Et dans vn autre sac de velours noir & vieux
Sont les plus importants & les plus precieux,
I'en ay fait le paquet.

PHILIPIN.

Bon! cache en diligence
Le sac où sont serrez les papiers d'importance,
Quand on t'en parlera, d'vn air humilié
Pleure, & dis que tu crains de l'auoir oublié.

ROSETTE.

Mais quel est ton dessein?

PHILIPIN.

Ne le peus tu comprendre?
Lisipe partira d'abord pour l'aller prendre;

Et nous serons defaits de cet amant ialoux.

ROSETTE.

S'il ne tient qu'à cela, va, la vache est à nous:
Mais ne connois-tu point quelque valet fidelle?
Lidame en a besoing.

PHILIPIN.

Ha l'heureuse nouuelle!
Peu-tu pas m'introduire à tiltre de valet?

ROSETTE.

La chose est fort aisée: ouy tu seras son fait.
Cleandre vient; de peur qu'il ne nous puisse nuire,
De nos desseins secrets garde de luy rien dire.
Ton Maistre, tu le sçais, n'est rien qu'vn Maistre sot,

PHILIPIN.

Va, rentre & ne crains rien.

SCENE II.

CLEANDRE, ROSETTE, PHILIPIN.

CLEANDRE.

Rosette escoute vn mot,

ROSETTE.

C'est pour vne autre fois.

PHILIPIN.

Monsieur le temps la presse;
Il faut qu'elle se rende aupres de sa Maistresse.

CLEANDRE.

Demeure; ie ne veux t'arrester qu'vn instant.

ROSETTE.

Ie n'ay pas le loisir, ma Maistresse m'attend.

CLEANDRE.

Mais ie ſouhaitterois te dire quelque choſe.

ROSETTE.

Mais ie ſerois grondée & vous en ſeriez cauſe;
A Dieu.

CLEANDRE.

De cet accueil ie ſuis peu ſatisfait;
Et mes quatre Louis ne font pas grand effet:
Mais les as-tu donnez?

PHILIPIN.

Voila belle demande!
I'ay touſiours eu Monſieur, la conſcience grande.

CLEANDRE.

Quoy tous quatre!

PHILIPIN.

Ouy tous quatre, & qu'auez vous penſé!
De vos ſoupçons, Monſieur! ie me tiens offencé.
Pour vn homme d'honneur vous me deuez connoiſtre;
Sinon, cherchez valet, i'iray chercher vn maiſtre.

CLEANDRE.

Ha mon cher Philipin de grace excuſe-moy:
En effet i'ay grand tort de ſoupçonner ta foy.
Ne m'abandonne point, ie ſçay ton innocence:
Je perdrois auec toy toute mon eſperance.

PHILIPIN.

Ouy, ſçachez qu'en effet ie vaus mon peſant d'or;
Et qu'vn valet habile eſt vn rare treſor.

CLEANDRE.

Ta fortune doit eſtre à la mienne enchainée;
Mais ne me quitte point de toute la iournée.
Ie me ſens de joüer vne demangeaiſon
Dont ie crains le ſuccez auec grande raiſon.
Si ton ſoin ne s'oppoſe au demon qui me tente,
Ma bourſe pourroit bien deuenir moins peſante.

PHILIPIN.

Ha c'eſt de quoy ſur tout il vous faut bien garder,

CLEANDRE.

Lucreſſe eſt à la porte, il la faut aborder.

SCENE III.

CLEANDRE, PHILIPIN, LVCRESSE.

CLEANDRE.

PAr quel excez de grace, ô Merueille adorable!
Vous daignez vous montrer aux yeux d'vn miſerable?
Le bien que ie reçoy de vous entretenir,
De mes ennuis paſſez m'oſte le ſouuenir:
Mais quoy, voſtre beauté dont l'eſclat me conſole
En excitant ma ioye, interdit ma parole,
Et vous n'ignorez pas qu'entre les vrais amants
Le ſilence en dit plus que les raiſonnements.

LVCRESSE

Helas! ...

CLEANDRE.

Vous ſouſpirez, ô ma chere Maiſtreſſe!

LVCRESSE.

Ce ſoûpir malgré moy, vous fait voir ma foibleſſe;
Et mon cœur où l'amour triomphe du courroux,
Soûpire du regret de ſoûpirer pour vous.
Il ſe plaint en ſecret du charme inconceuable
Qui malgré vos deffauts, vous rend encor aimable

Et par vn ascendant qu'on ne peut exprimer,
Quand ie veux vous haïr, me force à vous aimer,

CLEANDRE.

Ie souffre tout de vous : vne iniure cruelle
S'adoucit en sortant d'vne bouche si belle;
Et de qui mesme encor ie ne me plaindrois pas
Quand elle auroit dicté l'arrest de mon trépas,
Ouy, vous me pouuez dire, adorable merueille!
Qu'il n'est point d'imprudence à la mienne pareille;
Mais auec verité ie puis dire à mon tour
Qu'on ne void point d'ardeur pareille à mon amour.
Ie brûle....

LVCRESSE.

Ie le croy; mais cependant ie tremble
De crainte que quelqu'vn ne nous suprenne ensēble,

CLEANDRE.

Si Lisipe en effet me rencontre auec vous,
Nous deuons craindre tout de son esprit jaloux:
I'ay bien manqué de sens de mettre en euidence
L'intrigue de mon hoste auec tant d'imprudence,
Ie meurs de deplaisir d'auoir esté l'autheur
Du seiour important de ce persecuteur.

LVCRESSE.

Dans cet euenement ie suis la plus à plaindre
Il croit se faire aimer, alors qu'il se fait craindre,
Vn reproche eternel fait tout son compliment
Il s'erige plutost en maistre qu'en amant
Et sçachant que pour luy ma mere s'interesse,
Il me traicte en esclaue, & non pas en Maistresse,

CLEANDRE.

Ie vous sçauray venger de cette indignité;
Qu'il craigne la valeur d'vn riual irrité,
Son audace sera de sa perte suiuie,
Il receura la mort ou ie perdray la vie.

LVCREESE.

Si i'ay dessus vostre ame encor quelque pouuoir,
En perdant ces desirs, vous me le ferez voir,

Il

Il n'eſt rien d'aſſeuré dans le ſuccez des armes;
Voſtre ſang en danger feroit couler mes larmes,
Mon eſprit incertain ſeroit trop alarmé,
Liſipe eſt moins hay que vous n'eſtes aymé.

PHILIPIN.

Liſipe ſort, Madame!

LVCRESSE.

O Ciel, ie ſuis perduë!

CLEANDRE.

I'ay peine à retenir ma colere à ſa veuë.

SCENE IV.

LISIPE, CLEANDRE, LVCRESSE, PHILIPIN.

LISIPE.

Cleandre tient fort mal ce qu'il m'auoit promis:
Ce n'eſt pas le moyen d'eſtre long-temps amis,
Quoy caioler Lucreſſe & ſeule & dans la ruë?
Sa paſſion banie eſt bien-toſt reuenuë.
S'il deuient mon riual, il ſe doit aſſeurer
Qu'entre-nous l'amitié ne ſçauroit plus durer,

CLEANDRE.

Perdant voſtre amitié, ie perdray peu de choſe

LISIPE.

D'vn meſpris ſi nouueau ie deuine la cauſe:
Ne vous contraignez point, faites vn libre aueu.

CLEANDRE.

Pour vn amy pareil ie me contrains fort peu.

LISIPE.

Lucresse vous plaist fort?

CLEANDRE.

Cela pourroit bien estre.

LISIPE.

Vous luy parliez d'amour, n'est-il pas vray?

CLEANDRE.

Peut- estre.

PHILIPIN.

He bien peut-on iamais parler plus sottement?
Il a beaucoup de cœur, mais peu de iugement.

LISIPE.

Ie voy qu'il faut qu'enfin nous soyons mal ensemble.

CLEANDRE.

Ouy vous deuez me craindre & plus qu'il ne vous semble.

LISIPE,

Ha vous m'en dites trop!

CLEANDRE.

Ie n'en dis pas assez:
Vous n'estes pas Lisipe encor où vous pensez.

LISIPE.

C'est trop vous emporter.

LVCRESSE.

C'est auecque iustice.
Qui pourroit supporter vn semblable caprice?
Quoy quand Cleandre vient me dire ingenument
Qu'il est plus vostre amy qu'il n'estoit mon amant;
Quand en vostre faueur auec soin il s'employe,
Iure que vos plaisirs feront toute sa ioye,
Que son repos depend du bon-heur de vos feux,
Et qu'il sera content quand vous serez heureux,
Vous vsez auec luy d'orgueil & de menace,
Et l'osez quereller loin de luy rendre grace?
Ce procedé l'estonne, & c'est fort iustement
Qu'il ne l'a pû souffrir sans quelque emportemen

LISIPE. *à Cleandre.*

Quoy tu parlois de moy pres de l'obiet que i'ayme?

PHILIPIN. *à part.*

Monsieur il faut mentir.

CLEANDRE.

C'est la verité mesme,

PHILIPIN,

Bon, c'est fort bien parler.

LISIPE.

Amy pardonne moy!
I'ay grand tort en effet de douter de ta foy.
Excuse d'vn amant l'humeur trop deffiante,
Qui de rien ne s'asseure & de tout s'épouuante,
Ie sorts de mon erreur, ie iure & te promets
En de pareils soupçons de ne tomber iamais.
Pour t'en donner enfin vne preuue euidente
Ie laisse entre tes mains cette beauté charmante:
Pressé de m'eloigner & d'elle & de ces lieux,
Ie te veux confier ce depost precieux.

LVCRESSE.

Quoy vous est-il chez vous arriué quelque affaire?

LISIPE.

Non ie parts seulement pour seruir vostre mere.
Ie retourne chez elle, & vay prendre auec soing
Des papiers oubliez dont elle a grand besoing.
A Dieu fidelle amy! void souuent ma maistresse,
Parle luy quelquesfois du cœur que ie luy laisse.
Et vous chere beauté dans mon eloignement
Souffrez en ma faueur l'amy de vostre amant!

PHILIPIN.

Cela ne va pas mal; cette intrigue est bien faite:
Mais pour commencer l'autre, allons trouuer Rosette.

SCENE V.

LVCRESSE, CLEANDRE,

LVCRESSE.

He bien que dites-vous de cet euenement?
Liſipe a pris le change aſſez groſſierement.

CLEANDRE.

Vous l'auez ſceu donner auecque tant d'adreſſe
Que tout autre en ſa place euſt eu meſme foibleſſe:
C'eſt encor vn ſuccez qui me doit informer
Que voſtre belle bouche a l'art de tout charmer.

LVCRESSE.

Ie vay, graces au Ciel, ceſſer d'eſtre reduitte
A voir vn importun à toute heure à ma ſuitte,
Et iuſqu'à ſon retour, ſans me faire trembler,
Vous pourrez quelquefois me voir, & me parler:
Nous n'auons plus à craindre à preſent que ma mere
Qui n'eſt pas deffiante autant qu'elle eſt ſeuere.

CLEANDRE.

Ce bien n'eſt pas ſi grand encor que vous penſez.
Ces moments bien-heureux ſeront bien-toſt paſſez:
D'vn riual diligent la preſence importune
Reuiendra promptement trauerſer ma fortune,
Et dans trois iours au plus ſon funeſte retour
Deſtruira mon bon-heur, & non pas mon amour.

LVCRESSE.

Philipin peut icy vous rendre vn bon office
En retardant Liſipe auec quelque artifice;

Il ne manquera pas au besoin d'inuenter
Quelque adresse nouuelle afin de l'arrester.

CLEANDRE.

Retarder son retour, c'est prolonger ma ioye:
Mais il faudra tousiours qu'enfin il vous reuoye,
Il faudra tost ou tard que mon espoir soit vain,
Il viendra vous forcer de luy donner la main,
Et de haster enfin la fatale iournée
Du trespas de Cleandre & de vostre hymenée.

LVCRESSE.

Ne souffrons point vn mal qui n'est pas aduenu:
Le secret de mon cœur vous est assez connu,
Nostre procez iugé, cet hymen se doit faire;
Mais si deuant ce temps ie ne fleschis ma mere,
Ie sçauray me ietter, malgré tout son effort,
Dans les bras de Cleandre, ou dans ceux de la Mort.

SCENE VI.

LIDAME, LVCRESSE, CLEANDRE.

LIDAME *sortant de l'hostellerie.*

MA fille auec vn homme! ha quelle est son audace!

CLEANDRE *luy voulant baiser les mains.*

Comment de ces bontez vous puis-ie rendre grace?
Mon cœur qui sur vos mains s'efforce de passer...

LIDAME *le surprenant.*

En vous baissant si bas gardez de vous blesser,

LVCRESSE.

C'est ma mere, ô malheur!

CLEANDRE.

Ma peine est infinie.

Si i'ay.....

LIDAME.

Retirez-vous & sans ceremonie.

CLEANDRE.

Souffrez que ie vous parle.

LIDAME.

Il n'en est pas besoing:
Vous estes trop ciuil, vous prenez trop de soing.

CLEANDRE.

Mais Madame ie suis.

LIDAME.

Mais vous serez peu sage
Si vous osez reuoir ma fille dauantage:
Ne venez plus icy faire tant l'empesché,
Ou vous n'en serez pas quitte à si bon marché.

CLEANDRE.

Retirons nous; mais quoy, Philipin se promeine:
Allons nous mettre au ieu pour diuertir ma peine.

SCENE VII.

LIDAME, LVCRESSE.

LIDAME.

Ho, ho, petite sotte ! on prend des libertez
Iusqu'à baiser vos mains, & vous le permettez ?

LVCRESSE.

Iusqu'à baiser mes mains ? vostre soupçon m'outrage.
Vous me faites grand tort.

LIDAME.

Vrayement c'est grand dommage.
Vous faites l'hipocrite & dementez mes yeux.
Dites la verité vous ferez beaucoup mieux:
Quel est ce beau galant ? il faut qu'on vous confonde.

LVCRESSE.

C'est le meilleur amy que Lisipe ayt au monde
Et qu'il a coniuré deuant que de partir
De me rendre des soins, & moy d'y consentir.
Vous le traitez fort mal & i'ay de iustes craintes
Que Lisipe au retour vous en fera des plaintes.

LIDAME.

Mais Lisipe en partant auoit-il le dessein
Qu'il prist la liberté de vous baiser la main ?

LVCRESSE.

Il n'en a iamais eu seulement la pensée.

LIDAME.

I'ay pourtant sur vos mains veu sa teste baissée,

LVCRESSE.
Ce n'estoit qu'à dessein de voir de pres l'anneau
Que m'a donné Lisipe, & qu'il trouue fort beau.
LIDAME.
Si vous me dites vray, la faute n'est pas grande;
On croit facilement tout ce qu'on aprehende.
LVCRESSE.
Cet amy cependant a lieu d'estre irrité.
LIDAME.
Ma fille! vne autre fois il sera mieux traicté.

SCENE VIII.

ROSETTE, LIDAME, LVCRESSE.

ROSETTE.

HA Madame aprenez vne bonne nouuelle!
On nous offre vn valet sage, ieune, fidelle,
Qui caiole à rauir, qui sçait lire par cœur
Et qui fut autresfois Clerc chez vn procureur.
C'est vn Diable en procez, de plus l'habit qu'il porte,
Est fait à mon aduis d'estoffe neufue & forte,
Et prez d'vn an entier vous le ferez driller,
Sans debourcer vn sol, pour le faire habiller.

LIDAME.
Voila ce qu'il nous faut, qu'il vienne en diligence.
LVCRESSE.
Comment! c'est Philipin?
ROSETTE.
Le voicy qui s'aduance.

Vous voyez ma Maistresse, allez la saluer;
Madame en ce complot daignez contribuer,

LVCRESSE.

Si cet homme est niais, il n'en a pas la mine.
Il pourra reussir à quoy qu'on le destine.

ROSETTE.

C'est nostre fait Madame, vn ionc n'est pas plus droit.

LIDAME.

Ie pense comme vous qu'il n'est pas maladroit,

PHILIPIN.

Ie n'ay pas merité d'auoir l'heur de vous plaire:
Vous ignorez encor tout ce que ie sçay faire,
L'apparence souuent trompe l'œil le plus fin,
Par fois vn corps bien fait cache vn esprit malin;
Mais si i'ay le bon-heur d'estre de vostre suitte
De mon addresse vn iour vous serez mieux instruite.

LIDAME.

Ce garçon n'est pas sot, à ce que ie connoy,

LVCRESSE.

On ne peut mieux parler.

ROSETTE.

Il dit d'or, par ma foy!

LIDAME.

Ie veux que vous trouuiez chez moy vos aduantages:
Il faut premierement conuenir de vos gages.

PHILIPIN.

Vous estes raisonnable, & ie ne doute point
Que nous n'aurons iamais differend sur ce point.
I'espere en vous seruant ainsi que ie le pense,
Que mes soins receuront honneste recompense.
Vous sçaurez, s'il vous plaist chez vous de m'employer,
Que ie suis vn valet que l'on ne peut payer.

ROSETTE.

Mais il faut respondant.

PHILIPIN.

N'en soyez point en peine:
I'en pourray si l'on veut fournir vne douzaine
Iray-ie en querir vn?

LIDAME.

Cela n'est pas pressé,
Entrons. . . .

PHILIPIN.

Ma foy ie réue, ou c'est bien commencé!

SCENE IX.

CLEANDRE, PHILIPIN, LIDAME.

CLEANDRE *arrestant Philipin.*

Te voila, te voila fripon! sot! volontaire!
Tu te promenes donc? quand tu m'es necessaire:
Que ne m'as-tu suiuy?

LIDAME.

Quel bruict ay-ie entendu?

CLEANDRE.

Ie n'aurois pas joüé l'argent que i'ay perdu;
I'ay perdu vingt Loüis.

PHILIPIN.

Ie n'en suis pas la cause.

CLEANDRE.

Si ie t'auois trouué, i'aurois fait autre chose,

PHILIPIN.

Pouuoit il mieux venir pour gaster le complot?

CLEANDRE.

Traistre il faut t'assommer!

PHILIPIN.

Ne soyez pas si sot.

CLEANDRE *le frappant.*

Tu fais le railleur.

PHILIPIN.

Peste! il n'a pas la main morte.

LIDAME.

Pourquoy donc battez-vous mon valet de la sorte?

CLEANDRE.

Il est à moy, Madame!

PHILIPIN.

Au Diable l'indiscret!
Voicy de sa sotize encore vn nouueau trait.

CLEANDRE.

Vous prenez ce maraut sans doute pour quelqu'autre.

LIDAME.

Non, non c'est mon valet, allez frapper le vostre.

CLEANDRE.

Vous vous trompez vous mesme, il n'est que trop certain
Que depuis plus d'vn an il mange de mon pain.
Si toutesfois, Madame! il vous est necessaire
Pour vous faire plaisir ie veux bien m'en deffaire.
Encore que tantost vous m'ayez mal traicté
Ie n'auray pas pour vous moins de ciuilité.

LIDAME.

Ie sçay vostre innocence & vous demande excuse:
D'vn procedé si franc ie suis toute confuse.
De ce valet, Monsieur! vous pouuez disposer:
De qui me l'offre ainsi ie le dois refuser.
Ie ne suis pas tousiours d'humeur desobligeante
Ie vous rend grace à Dieu! ie suis vostre seruante.

SCENE X.

CLEANDRE, PHILIPIN

CLEANDRE.

Voicy qui va fort bien, n'ay-ie pas reussi?
De Lidame pour moy l'esprit est addoucy,
Que t'en semble? ....

PHILIPIN.

Ha l'espaule!

CLEANDRE.

Excuse ma colere.

PHILIPIN.

Laissez-là ce fripon, ce sot, ce volontaire.
Si vous m'estimez tel, vous estes bien trompé,
Vous m'auez chanté poüille & vous m'auez frappé:
Mais vous le payerez & ie vous le proteste.

CLEANDRE.

Tiens prens pour payement ce Louis qui me reste:
Tes yeux à cet obiet sont desia reiouis.

PHILIPIN.

Les coups que i'ay receu, valent plus d'vn Louis.

CLEANDRE.

Ie t'en promets vn autre en nostre hostellerie.
Ne suis ie pas adroit? parle sans flatterie.

PHILIPIN.

Non c'est fort sottement quand vous m'auez batu,
Vous auez par vos coups vostre espoir abbatu:
Ie m'allois introduire au logis de Lidame
Où i'eusse eu cent moyens de seruir vostre flame,

De

De menager pour vous son esprit rigoureux,
De supplanter Lisipe & de vous rendre heureux.

CLEANDRE.

Ha que i'ay de malheur!

PHILIPIN.

Bien moins que d'imprudence;
Excusez s'il vous plaist! ie dis ce que ie pense.

CLEANDRE.

Quelle disgrace! ha Ciel ie suis desesperé.

PHILIPIN.

Ce mal pour grand qu'il soit, peut estre reparé,
Et ie promets encor d'acheuer l'entreprise,
Dés que i'auray touché la pistole promise.

CLEANDRE.

Mais de quelle façon?

PHILIPIN.

Ne vous meslez de rien:
Donnez-moy la pistolle, apres tout ira bien.

CLEANDRE.

Vien donc la prendre, entrons.

PHILIPIN.

C'est ce que ie demande:
Les battus quelquesfois ne payent pas l'amende.

Fin du troisiesme Acte.

ACTE IV.

SCENE PREMIERE.

ROSETTE, PHILIPIN.
sortans de deux endroits differens.

ROSETTE.

IL faut aller chercher Philipin dés ce soir.

PHILIPIN.

I'ay besoin de Rosette, il la faut aller voir.

ROSETTE.

Bon, mon voyage est fait:

PHILIPIN.

Ma course est acheuée.

ROSETTE.

Sois le bien rencontré!

PHILIPIN.

Toy, sois la bien trouuée!

ROSETTE.

I'allois en ton logis. . .

PHILIPIN.

Et moy i'allois au tien.

ROSETTE.

Ie t'en diray beaucoup.

PHILIPIN.

Ie t'en conteray bien.

ROSETTE.

Tu sçauras. . . .

PHILIPIN.

Ie t'appends.

ROSETTE.

Que ie croy.

PHILIPIN.

Qu'il me semble.

ROSETTE.

Nous nous entendrons mal si nous parlons ensemble,
Escoute-moy. . .

PHILIPIN.

Bien donc ; depesche de parler;
Les femmes de tout temps ayment à babiller.

ROSETTE.

Tu sçauras que ie croy qu'auec vn peu d'adresse
Tu peus te restablir pres de nostre maistresse.
I'ay menagé si bien son esprit peu rusé
Qu'elle a bien du regret de t'auoir refusé.
Dis que l'on t'a chassé : peste contre Cleandre;
Tu la feras bien-tost resoudre à te reprendre.
Par la petite porte elle vient de sortir,
Et i'ay du mesme temps voulu t'en aduertir.
C'est chez son procureur qu'elle est sans doute allée:
Tien ton compliment prest & ta langue affilée:
Lidame est fort credule.

PHILIPIN.

Ouy c'est bien raisonner;
Mais écoute l'aduis que ie te veux donner.

Ie t'apprend qu'il me ſemble auoir trouué la voye
De mettre nos amants au comble de la ioye.
Cette maiſon prochaine eſt vn logis garny
Qui de meubles fort beaux eſt aſſez bien muny:
Perſonne par bon-heur ne l'occupe à cette heure.
Le Maiſtre eſt vn parent de l'hoſte où ie demeure,
Qui par certains biais nous a donné l'eſpoir
D'y conduire Lidame, & meſme dés ce ſoir.

ROSETTE.

Lidame! tu te ris; comment pourroit-il faire?

PHILIPIN.

Tu m'as dit que ſouuent elle regrette vn frere
Qui dans vne querelle ayant l'eſpée en main,
Fit à ſon ennemy perdre le gouſt du pain;
Des parens du deffunct redoutant la puiſſance
Enfila la venelle auecque diligence:
Et que depuis de luy n'ayant rien pû ſçauoir,
Elle n'eſpere plus de iamais le reuoir.

ROSETTE.

Il eſt vray que ſouuent elle pleure ce frere;
Mais cela, Philipin! ne nous importe guere.

PHILIPIN.

Point, point: m'as-tu pas dit, qu'il n'auoit que ſeize ans,
Lors qu'il ſortit d'Auxerre & quitta ſes parens?
Trente-ans qui ſont paſſez depuis cette diſgrace,
Sont pour changer vn homme vn aſſez long eſpace.
Lidame eſt vn peu ſotte, & noſtre hoſte auiourd'huy,
Dira qu'il eſt ſon frere, & paſſera pour luy.
Couuert d'vn bel habit pris à la fripperie
Il pretend la tirer dans ſon hoſtellerie,
Et la mettre auec luy dedans ce logement
Dont mon Maiſtre pourra diſpoſer librement.

ROSETTE.

C'eſt fort bien aduiſé; mais ton hoſte s'aduance:
N'a-t'il pas la façon d'vn homme d'importance?

SCENE II.

CARPALIN, ROSETTE, PHILIPIN. *vestu en Marchand.*

CARPALIN.

Me voila par ma foy, braue comme vn lapin.

PHILIPIN.

Tu sens ton gros Monsieur.

CARPALIN.

Tu dis vray, Philipin!
O que i'ay bien maudit la graisse qui me charge!
Ie n'ay point veu d'habit qui me fust assez large.

ROSETTE.

On diroit à le voir si bien mis & si fier,
D'vn gros monopoleur ou de quelque vsurier.

CARPALIN.

Pleust à Dieu qu'il fust vray! ie ferois belle chere;
Mais il faut raisonner vn peu sur nostre affaire:
Dis moy ce que tu sçais de plus particulier
Sur le rolle important qu'on me veut confier.
Des mœurs du frere absent il me faut bien instruire;
Dis tout ce que de luy Lidame t'a peu dire.

ROSETTE.

Si ie te disois tout, i'en aurois pour huict iours:
Elle parle de luy presque en tous ses discours.

CARPALIN.

Tant mieux, dessus ce point ie n'en puis trop aprendre.

PHILIPIN.

Eloignez-vous, ie voy Lidame auec Cleandre,

SCENE III.

LIDAME, CLEANDRE, PHILIPIN.

LIDAME.

Ie suis fort obligée aux soins que vous prenez,
Et feray mon profit de vos aduis donnez:
Lisipe à son retour aprendra de ma bouche
Quelle part vous prenez à tout ce qui le touche.
A Dieu! i'entre au logis, le iour s'en va finir;
Demain si vous voulez, vous y pourrez venir.

CLEANDRE.

Dans vostre appartement souffrez que ie vous meine.

LIDAME.

Non Monsieur! il est tard, n'en prenez pas la peine.

CLEANDRE.

Bon voicy mon valet! tout va bien, tout va bien.
Croy que i'ay de l'esprit.

PHILIPIN.

Ma foy, ie n'en croy rien.

CLEANDRE.

Ie vien de faire vn traict qu'il faut que l'on admire.

PHILIPIN.

Quel traict?..

CLEANDRE.

Ecoute-bien, ie m'en-vay te le dire.

Me promenant tout seul, i'ay trouué par bon-heur
Lidame qui sortoit de chez son procureur;
Et luy donnant la main, i'ay pris la hardiesse
De luy parler de toy ; mais auec grande addresse.

PHILIPIN.

I'en doute fort...

CLEANDRE.

I'ay dit qu'enfin ie t'ay chassé,
Que tu m'as bien seruy.

PHILIPIN.

C'est fort bien commencé.

CLEANDRE.

Que l'on void peu d'adresse à la tienne pareille;
Que tu sers à rauir, sçais causer à merueille:
Enfin i'ay dit de toy du bien infiniment.

PHILIPIN.

Bon cela ; c'est parler auec grand iugement.

CLEANDRE.

Mais....

PHILIPIN.

De ce chien de mais i'aprehende la suitte.

CLEANDRE.

Point; tu vas t'estonner de ma rare conduite.
Pour n'estre pas suspect, & leuer tout soupçon
Que ie sceusse l'intrigue en aucune façon,
I'ay fait de tes deffauts vne peinture estrange,
Et ioint adroitement le blâme à la loüange:
I'ay dit que ie t'auois tousiours connu menteur,
Subtil, fournois, malin, bigot, fourbe, imposteur;
Que tu t'estois rendu paresseux volontaire,
Et que pour de l'argent on te faisoit tout faire.

PHILIPIN.

Vous auez dit cela?

CLEANDRE.

Ce n'est pas encor tout
Tu me vas admirer, ecoute iusqu'au bout.

I'ay dit qu'elle euſt grand ſoin, entrant dans ſa famille,
Qu'on ne te laiſſaſt pas ſouuent auec ſa fille.
Que poſſible gagné par quelque homme amoureux,
Tu luy pourrois donner des conſeils dangereux;
Qu'elle fuſt deffiante, ou que bien-toſt peut-eſtre
Elle ſeroit trompée, & ne croiroit pas l'eſtre.

PHILIPIN.

C'eſt donc là ce beau trait de voſtre grand eſprit?

CLEANDRE.

La bonne femme en tient, & croit ce que i'ay dit.
Elle me prend des-ja pour la franchiſe meſme,
Croit que mon amitié pour Liſipe eſt extreſme,
Et de mes bons aduis m'ayant remercié,
De l'aller voir ſouuent elle m'a fort prié.

PHILIPIN.

C'eſt fort bien trauailler.

CLEANDRE.

Ton adueu me conſole,
Tu dis que i'ay bien fait?

PHILIPIN.

Ouy pardeſſus l'eſpaule:
Vous eſtes vn grand fat, vous venez de preſter
Des verges à Lidame afin de vous foüetter.
Sçachez que voſtre langue eſt vne impertinente:
Elle trouble l'effet d'vne intrigue importante;
Voſtre caquet maudit eſt bien pernicieux,
Si vous eſtiez muët, vous en vaudriez mieux.

CLEANDRE.

Conte-moy cet intrigue.

PHILIPIN.

Ha vrayement ie n'ay garde!
Ie crains trop voſtre humeur niaiſe & babillarde:
Vous en feriez encor quelque admirable traict.
Vn ſecret diuulgué ceſſe d'eſtre ſecret.

CLEANDRE.

Quoy ie n'en sçauray rien?

PHILIPIN.

Non, entrés, ie vous prie!
Allez voir si ie suis dans nostre hostellerie.

SCENE IV.

CARPALIN, ROSETTE, PHILIPIN, LIDAME.

CARPALIN.

Rosette il me suffit de cette instruction;
Ie sçauray m'en seruir en bonne occasion;
Mais qu'a donc Philipin?

PHILIPIN.

Dieu nous puisse estre en ayde,
Mon estourdy de Maistre est vn fat sans remede,
Il a trouué Lidame, & faisant l'esprit fort,
De son sot entretien il m'a fait le raport.

LIDAME *à la porte de son hostellerie.*

Rosette!

ROSETTE.

Eloignez-vous; ma maistresse m'appelle.
Toy, vien sans raisonner te montrer deuant elle.

LIDAME.

Où va-t'elle si tard? Rosette.

ROSETTE.

La voicy.

LIDAME.

Pourquoy tardez-vous tant à reuenir icy?

ROSETTE.

Ce malheureux garçon rencontré dans la ruë
Me contoit icy pres sa disgrace aduenuë,
Et chassé par son Maistre, il vient s'offrir à vous.

LIDAME.

Quoy son Maistre le chasse?

PHILIPIN.

Il m'a roüé de coups.
Et m'ayant fait souffrir mille iniustes outrages,
M'a donné mon congé, sans me payer mes gages:
C'est vn bourreau, Madame! & sa cruelle main
M'a plus donné de coups que de morceaux de pain:
Et c'est pourquoy tantost auec grande iustice
Pour me donner à vous, ie quittois son seruice.

ROSETTE.

Madame vous prendra, n'aprehendez plus rien.

LIDAME.

Non: i'ay changé d'aduis, ie m'en garderay bien.

PHILIPIN.

Ie n'attendois pas mieux qu'vne telle disgrace:
Mon maistre en me chassant m'en a fait la menace,
M'a iuré qu'il viendroit vous voir, & vous conter
Tous les maux contre moy qu'il pourroit inuenter:
Que si vous me vouliez prendre en vostre famille,
Il vous aduertiroit d'obseruer vostre fille.
De crainte que gagné par quelque homme amoureux
Ie n'inspire en son cœur des conseils dangereux
D'estre fort deffiante, ou que bien tost peut-estre
Vous seriez abusée, & ne croiriez pas l'estre.

LIDAME.

Ce sont ses propres mots.

PHILIPIN.

Le dangereux Esprit!
Voyez le meschant homme; il me l'auoit bien dit.

ROSETTE.

Madame a l'esprit bon, & sçaura bien cognoistre
Que l'animosité fait parler vostre Maistre,

LIDAME.

En effet, en effet, vostre ingenuité
Fait voir que ses aduis ont peu de verité.
Ie ne le croiray point, & malgré sa malice
Ie veux dés ce moment vous prendre à mon seruice:
Par cet euenement Cleandre va sçauoir
Que Lidame n'est pas aisée à deceuoir.

CARPALIN *s'aprochant.*

Lidame! ha qu'ay-ie ouy, grand Dieu que ie reclame?
Que ce mot agreable a consolé mon ame!
Excusez, s'il vous plaist, si i'ose m'approcher:
Ie viens icy d'entendre vn nom qui m'est bien cher
L'on a nommé Lidame; est-elle pas d'Auxerre?

LIDAME.

Vous ne vous trompez pas, c'est sa natale Terre.

CARPALIN.

Se porte-t'elle bien? . . .

LIDAME.

Ouy, Monsieur, Dieu mercy!

CARPALIN.

Est-elle en son pays?

LIDAME.

Non, non, elle est icy.

CARPALIN

Icy, que dites-vous? ha Ciel que i'ay de ioye!
Ha Madame pour Dieu faites que ie la voye!

LIDAME.

Vous la voyez, c'est moy.

CARPALIN.

Parlez-vous tout de bon?
Quoy vous seriez Lidame?

LIDAME.

Ouy Monsieur! c'est mon nom.

CARPALIN.

Ha Lidame! ha ma sœur! ma sœur qui m'es si chere,
Reconnoy Celidan.

LIDAME.

Quoy Celidan mon frere!
Apres trente ans d'absence, enfin ie le reuoy?

CARPALIN.

Ouy, ouy; vien m'embrasser, n'en doute point, c'est moy.
Tu m'as tousiours aymé dés ma tendre ieunesse.

LIDAME.

Chacun vous croyoit mort, & ie pleurois sans cesse,

CARPALIN.

I'ay de ton amitié gardé le souuenir;
Et c'est ce qui m'a fait en ces lieux reuenir.
Lors qu'il falut sortir du logis de mon Pere
Ayant dans vn duël tué mon aduersaire,
Apres auoir esté receuoir tes adieux,
Les sanglots à la bouche, & les larmes aux yeux,
Et prendre dix Louis que pour cette disgrace
Tu retiras pour moy du fond de ta paillasse,
Ie marchay vers Dieppe où ie fus m'embarquer
Pour voir le Nouueau-monde, & pour y traficquer,
Là par de longs trauaux apres bien des miseres,
Ie n'ay pas, Grace à Dieu! fait trop mal mes affaires:
Et pressé du desir de voir encor les miens,
I'ay fait iusqu'en ces lieux transporter tous mes biens,

LIDAME.

Vrayement cette aduenture est tout à fait estrange!

CARPALIN.

I'attends le payement d'vne lettre de change,
Me proposant d'aller apres auec douceur
Passer mes derniers iours prés de ma chere sœur,
Que ie beny le Ciel qui dans ce lieu t'enuoye!
I'en suis transporté d'aise, & i'en pleure de ioye:

Ie

Ie veux mettre mes biens en ta possession.

LIDAME.

Ie ne doutay iamais de vostre affection.

CARPALIN.

Ie pretends chaque iour t'en donner quelque preuue,
N'as-tu pas vn mary?

LIDAME.

Helas non, ie suis vefue!

CARPALIN.

Tant-pis ; mais ce mary qui t'a duré si peu,
Ne m'a t'il pas laissé quelque petit neueu?

LIDAME.

Non ie n'ay qu'vne fille assez ieune & fort belle,

CARPALIN.

Il luy faudra choisir vn party digne d'elle,
Tout ce que i'ay de bien luy sera destiné.

PHILIPIN.

Si quelqu'vn l'entend mieux, ie veux estre berné.

LIDAME.

Souhaittez-vous la voir?

CARPALIN.

Ouy ma sœur, ie t'en prie.

LIDAME.

Elle loge auec moy dans cette hostellerie.

CARPALIN.

Qu'on la fasse venir, ce n'est pas la raison
Que vous logiez tous deux ailleurs qu'en ma mai-
son.
Ie vous y veux conduire, elle est fort bien garnie,
Et ie ne pretends plus quitter ta compagnie:
Iamais rien que la mort ne nous separera.

LIDAME.

Mon frere! nous ferons tout ce qu'il vous plaira.

ROSETTE.

Cela ne va pas mal; Carpalin n'est pas beste.

SCENE V.

COVRCAILLET, LIDAME, CARPALIN, ROSETTE, PHILIPIN.

COVRCAILLET.

MAdame pour ſouper que faut-il que i'appreſte?
Vous n'auez qu'à parler, ie feray mon deuoir.

LIDAME.

Ie m'en vays chez mon frere:il ne faut rien ce ſoir.

COVRCALLIET.

Ho,ho que vois-ie icy?c'eſt vne eſtrange choſe:
Carpalin grand Seigneur, quelle metamorphoſe!

ROSETTE.

Vous vous trompez;Monſieur ne vous eſt pas connu,
Il eſt tout fraichement des Indes reuenu.

COVRCAILLET.

Point ; c'eſt vn tauernier, & i'ay fort bonne veuë.

ROSETTE

Vous reuez, vous reuez, vous auez la berluë.

CARPALIN.

Quel eſt cet inſolent?

PHILIPIN.

C'eſt fort bien reſpondu.

COVRCAILLET.

Auec ton bel habit tu fais bien l'entendu.

ROSETTE.

parlez auec respect au frere de Lidame.

COVRCAILLET.

Ha si c'est vostre frere, excusez moy, Madame!
pour vn de mes voisins ie l'auois pris d'abord,
Et ie gagerois bien qu'il luy ressemble fort:
Mais deux hommes par fois ont de la ressemblance.

LIDAME.

Mon frere, de mon hoste excusez l'ignorance!

COVRCAILLET.

Ha Monseigneur pardon! i'auois les yeux troublez,
Ie rentre en mon deuoir.

CARPALIN.

Ie vous pardonne, allez:
Entrons en mon logis, ma sœur, l'heure nous presse!

LIDAME.

Rosette, Philipin, faites venir Lucresse.

CARPALIN.

Ie loge au Lion d'or.

PHILIPIN.

Bien Monsieur, s'il vous plaist
Allez tousiours deuant, ie sçay fort bien où c'est.

SCENE VI.

LVCRESSE, PHILIPIN, ROSETTE.

LVCRESSE.

QVe peut faire si tard ma mere dans la ruë?

PHILIPIN.

Voicy Lucresse: bon soyez la bien venuë.
Ie vais querir mon Maistre: il brûle de vous voir,
Il pourra maintenant vous donner le bon soir.

ROSETTE.

Haste-toy, nous allons t'attendre sur la porte.

LVCRESSE.

Mais il est des-ja nuict.

ROSETTE.

Hé bien que vous importe?
La nuict est vn temps propre aux complots des amants,
Auecque moins de honte on dit ces sentimens.

LVCRESSE.

Mais où me conduits-tu ? i'ay peine à le comprendre.

ROSETTE.

Ie vous meine au logis de l'hoste de Cleandre;
Il passe pour vostre Oncle, & dessous ce faux nom,
Vostre Mere auecque luy loge en cette maison.
Ha Madame! elle vient & ie l'entend descendre.

SCENE VII.

LIDAME, ROSETTE, LVCRESSE.

LIDAME.

POurquoy n'entrez-vous pas ? que pouuez vous attendre?

LVCRESSE.

Moy ! ie n'attend personne.

LIDAME.

Ha vous feignez en vain!
Qui vous peut obliger à souffrir le serain?
Ma fille, à dire vray, vostre humeur m'inquiete:
Ie reconois trop bien que vous estes coquette.
Vos gestes, vos discours, & toutes vos façons
Ont dans ce mesme iour confirmé mes soupçons.
Ie vous ay veuë aller vingt fois à la fenestre
Voir si quelques galands ne viendront point paroistre.
S'ils seront bien vestus, s'ils seront bien poudrez,
S'ils auront leurs rabats bien faits & bien tirez;
Si ce seront des gens à petites moustaches
Qui portent des canons par dessus des rondaches:
C'est là tout le plaisir qu'en ce lieu vous prenez.

LVCRESSE.

Quel plaisir y prendrois-je?

LIDAME.

A monstrer vostre nez.

A faire la bien mise, à donner dans la veuë
De quelque ieune sot qui passe par la ruë.
Qui fasse les doux yeux, qui vous vienne accoster,
Et quand ie n'y suis pas, vous en vienne conter:
Allez, montez là-haut, vostre Oncle vous demande,

LVCRESSE.

Quoy sans vous? . . .

LIDAME.

Ouy, n'importe, entrez ie le commande.

LVCRESSE.

Si, ...

LIDAME.

Ne repliquez point, allez l'entretenir:
Ie veux voir si quelqu'vn icy deuoit venir.

LVCRESSE.

Mais, ...

LIDAME.

Mais entrez vous dis-je.

LVCRESSE.

Elle verra Cleandre?

SCENE VIII.

LIDAME, CLEANDRE, PHILIPIN.

PHILIPIN.

C'Est dessus cette porte où l'on vous doit attendre.

CLEANDRE.

D'où vient ce changement? tu ne m'en as rien dit.

PHILIPIN.

Allez: c'est vn succez qui passe vostre esprit.

CLEANDRE.

Tiens-toy donc à l'écart.

PHILIPIN.

C'est ce que ie desire:
Aupres de deux Amants vn tiers ne fait que nuire.

CLEANDRE.

Beau sujet de ma peine, auec quels compliments
Puis-je exprimer mes feux & mes rauissements?
Mon aimable Lucresse!

LIDAME *à part*.

Il se trompe sans doute,
Il en va bien conter, il faut que ie l'escoute.

CLEANDRE.

Qu'on m'a donné de ioye en me faisant sçauoir
Que ie pourrois icy vous donner le bon soir!
Quand ie viens pres de vous, l'amour fait que ie vole.

LIDAME.

Ie m'en suis bien doutée, elle attendoit ce drolle.

CLEANDRE.

Ha que Lucresse est iuste & Cleandre amoureux!
Cette derniere grace a comblé tous mes vœux.
C'est peu pour mon amour & trop pour mon merite.

LIDAME.

Comment donc c'est Cleandre? ha voyez l'hypocrite?

CLEANDRE.

Quoy m'enuoyer chercher iusque dans ma maison?
Ces marques de bonté sont sans comparaison;
Mon bon-heur est visible.

LIDAME.

Et ma honte euidente
Ma fille l'a mandé: Dieux qu'elle est impudente!

CLEANDRE.

Mes soins sont trop payez, & mon esprit charmé
Ne sçauroit plus douter que ie ne sois aymé.
Ie connois clairement que cette viue flame
Qui brille en vos beaux yeux, passe iusqu'à vostre ame
D'vn espoir si charmant i'ay lieu de me flatter.

LIDAME.

Ma fille est debauchée, il n'en faut point douter.

CLEANDRE.

Qui vous peut si long-temps obliger à vous taire?
Vous ne me dites rien, craignez-vous vostre Mere?
Ie la tiens assez simple, & suis assez adroit
Pour l'appaiser quand mesme elle nous surprendroit:
Admirez ma conduitte, & son peu de prudence:
Ie suis dans son estime & dans sa confidence.
Elle est si disposée à se fier à moy,
Qu'elle croit mes discours comme article de foy:
Pour tout dire en vn mot elle est Prouinciale:
C'est à dire grossiere, estourdie, inegale,
Qui se laisse duper, sans s'en aperceuoir;
Qui prend le vray pour faux, & le blanc pour le noir:
Et qui croit rafiner quand elle prend le change.

LIDAME.

Fort bien, fort bien, voila des vers à ma loüange.

CLEANDRE.

Nous n'auons rien à craindre à present de sa part,
Si tantost elle a sçeu m'empescher par hazard
D'exprimer mes transports sur cette main d'iuoire;
Ie puis en depit d'elle obtenir cette gloire:
Ouy le soin qu'elle prend, ne peut estre que vain;
I'auray l'heur de baiser vne si belle main.

LIDAME *luy donnant vn soufflet.*

Ouy vous la baiserez.

CLEANDRE.

Ha i'ay les dents caſſées.

LIDAME.

Vos douceurs doiuent eſtre ainſi recompenſées.

CLEANDRE.

C'eſt la mere, ha Madame!

LIDAME.

Ha Monſieur l'inſolent!
Tu viens donc faire icy le tranſy, le galant!
Ma fille a donc pour toy des paſſions ſecrettes!
Tu viens la debaucher & luy conter fleurettes;
Tu ſçauras à quel point l'honneur m'eſt precieux;
Ie m'en vais t'arracher la prunelle des yeux.

CLEANDRE.

Fuyons.....

LIDAME.

Tu fuis trompeur! ma colere t'eſtonne
Va, tu n'y perdras rien, ie te la garde bonne.

SCENE IX.

PHILIPIN, CLEANDRE,

CLEANDRE;

PHilipin! Philipin!

PHILIPIN.

He bien qu'auez vous fait?
Reuenez-vous ioyeux ? estes-vous satisfait?
Estes-vous asseuré de l'amour de la belle?
En auez vous receu quelque preuue nouuelle,
Cependant qu'icy pres ie gardois le mulet?

CLEANDRE.

Non ie n'ay rien receu qu'vn fort vilain soufflet;

PHILIPIN.

Dieu me veille garder de semblable caresse.

CLEANDRE.

I'ay rencontré Lidame au lieu de ma Maistresse;

PHILIPIN.

Et vous n'auez eu garde aussi-tost de manquer
De conter vostre chance & de vous expliquer?

CLEANDRE.

Ouy i'ay marqué les feux dont mon ame est éprise:
Et i'ay tout decouuert.

PHILIPIN.

Bon,bon,autre sotise!

CLEANDRE.

Quiconque a de l'amour, a de l'aueuglement.

PHILIPIN.

Vous estiez indiscret auant que d'estre amant.

Ce deffaut eſt en vous vn mal hereditaire.
Il vient aſſeurément de Monſieur voſtre Pere:
Suiuez-moy toutesfois.

CLEANDRE.

Où me veux-tû mener?

PHILIPIN.

Suiuez-moy ſans rien craindre, & ſans queſtionner.

Fin du quatrieſme Acte.

ACTE V.

SCENE PREMIERE.

CLEANDRE, PHILIPIN, *dans vne chambre.*

CLEANDRE.

OV suis-je? apprend le moy.

PHILIPIN.

Dans vne chambre obscure;
Sortons, & fermons la porte auecque la serrure.

CLEANDRE *seul.*

Par cette instruction ie suis mal informé:
Mais comment il me quitte, & ie suis enfermé?
Ie ne puis plus sortir, il a fermé la porte:
Dieu que pretend ce traistre en vsant de la sorte?
Que veut dire cecy? ie suis seul retenu
Dans vn lieu sans lumiere & qui m'est inconnu.
Pour quel dessein icy m'a-t'il voulu conduire?
Est-ce pour me seruir? seroit-ce pour me nuire?
A quel euenement me dois-je preparer?
Enfin que dois-je craindre, ou que dois-je esperer?
Ce succez qui m'estonne, est tout à fait bizarre:
C'est vn nouueau dedale où ma raison s'égare:

Et

Et les obſcuritez qui regnent dans ces lieux,
Enuelopent mon ame auſſi-bien que mes yeux.
Ie ne ſçay qu'en iuger, quoy que ie me propoſe :
I'oy du bruit, quelqu'vn vient, i'en ſçauray quelque choſe.

SCENE II.

PHILIPIN, CLEANDRE,

PHILIPIN.

HA Monſieur toſt, toſt, toſt, cachez vous promptement!

CLEANDRE.

Moy! . . .

PHILIPIN.

Ne raiſonnez point, ſuiuez-moy ſeulement.

CLEANDRE.

Et pourquoy me cacher? ha vrayement ie n'ay garde.

PHILIPIN.

Mais Monſieur voſtre vie en ce lieu ſe hazarde.

CLEANDRE.

N'importe; ne croy pas qu'on l'aye à bon marché;
On me croiroit coupable, en me trouuant caché.

PHILIPIN.

La lumiere paroiſt & l'on va vous ſurprendre
Songez, à vous cacher.

CLEANDRE *tirant l'epée.*

Ie ſonge à me deffendre.

SCENE III.

ROSETTE, LVCRESSE, CLEANDRE, PHILIPIN.

ROSETTE.

HA Madame, fuyons, i'apperçois vn voleur!

LVCRESSE.

C'est Cleandre....

CLEANDRE.

Ha Lucresse!

LVCRESSE.

Ha quel est mon malheur!
Ie suis montée icy par l'ordre de ma mere:
Elle me veut parler, elle est fort en colere.

CLEANDRE.

Mais comment en ce lieu?

PHILIPIN.

Ne haranguez pas tant,
Sa Mere va venir, cachez vous à l'instant.

LVCRESSE.

De grace depeschez: ie croy des-ja l'entendre
Allez....

CLEANDRE *entrant dans un cabinet.*

Ie veux mourir si i'y puis rien comprendre,

SCENE IV.

LIDAME, LVCRESSE, ROSETTE, CLEANDRE, PHILIPIN.

LVCRESSE.

QVi l'oblige à fermer cette porte sur nous ?
Ie tremble à son abord, Madame! qu'auez vous?

LIDAME.

L'osez vous demander ingratte, & lasche fille!
Dont l'Amour deshonnore vne illustre famille?

LVCRESSE.

Moy Madame! & comment? daignez vous expliquer.

LIDAME.

Ha voyez l'effrontée, elle oze repliquer:
Vous demandez comment Madame l'impudente!
Vous pensez m'abuser, vous faites l'ignorante;
La feinte est inutile, à present je sçay tout,

LVCRESSE.

He quoy? . . .

LIDAME.

Vostre complot de l'vn à l'autre bout,
Vos rendez-vous secrets, vostre amour pour Cleandre,
Et tout ce que pour vous ce traistre ose entreprendre;

Ie l'ay pris ſur le fait ce laſche, ce trompeur.

PHILIPIN *dans le Cabinet.*

Nous ſommes decouuerts, Monſieur, ie meurs de
peur!

LIDAME.

Reſpondez, il eſt temps.

LVCRESSE.

Ie ne ſçay que reſpondre.
Ce que vous auez dit, ſuffit pour me confondre:
Ouy, ſçachez que Cleandre eſt venu pour me voir.

LIDAME.

Ie ſçay deſſus ce point tout ce qu'on peut ſçauoir.
Ie ne laiſſeray pas ſon audace impunie:
Attaquer mon honneur, c'eſt expoſer ma vie.

PHILIPIN.

Il faut nous conſoler, i'ay fort mal reuſſi;
Mais ſi ie ſuis battu, vous le ſerez auſſi.

LIDAME.

Vn poignard que ie porte en ma trop iuſte rage
Monſtrera de quel air ie repouſſe vn outrage;
Et luy fera connoiſtre en luy perçant le cœur,
Qu'on doit tout redouter d'vne femme en fureur!
Il moura de ma main.

PHILIPIN.

Qu'elle eſt ſanguinolente!
Fy; cela ne vaut rien, mon tremblement augmente.

LVCRESSE.

Ha Madame! calmez ce deſſein furieux;
Il eſt vray que Cleandre eſt caché dans ces lieux.
Et que de vous depend ſon ſalut ou ſa perte.

LIDAME.

O Ciel quelle diſgrace ay-ie encor decouuerte!

LVCRESSE.

Ie n'oſe denier ce que vous ſçauez bien.

LIDAME.

Ie le ſçay maintenant; mais ie n'en ſçauois rien;

Il n'eſchappera pas ce perfide, ce traiſtre!

PHILIPIN.

L'honneur vous appartient : paſſez deuant, mon Maiſtre!

LIDAME.

Où s'eſt-il peu cacher? cherchons auecque ſoin.

LVCRESSE.

Ie puis vous l'enſeigner & ſans aller plus loin.

LIDAME.

Parlez donc promptement.

LVCRESSE.

Puis qu'il faut vous l'apprendre,
C'eſt au fond de mon cœur que s'eſt caché Cleandre.
Ouy c'eſt là qu'il triomphe & qu'il eſt enfermé
Cet amant qui me charme autant qu'il eſt charmé:
Frappez-le donc icy, s'il vous en prend enuie.
L'Amour a confondu ſon ſort auec ma vie,
Et cet obiet ſi cher qui vous deplaiſt ſi fort,
Ne ſçauroit à preſent mourir que par ma mort.

LIDAME.

Helas qu'ay-ie entendu? comment donc, mal-heureuſe!
Vous auez vn galant? vous eſtes amoureuſe?
Cleandre en voſtre cœur triomphe, dites vous?
Parlez-vous bien ainſi ſans craindre mon couroux?
Ie me doutois icy de quelque autre miſtere.

LVCRESSE.

Si ie ſuis criminelle au moins ie ſuis ſincere.
Ouy; Cleandre preſide en mon cœur auiourd'huy,
Et ie veux bien mourir, ſi ie ne vis pour luy.

LIDAME.

Ce que vous m'apprenez, n'a rien qui me conſole;
Voſtre raiſon s'égare & vous parlez en fole.
Ce mal vous eſt venu d'auoir leu les Romans,
Vous aprenez par cœur tous les beaux ſentimens,
Les doux propos d'amour, des rencontres gentiles,
Enfin tout le bel Art qui fait perdre les filles.

Changez, changez de vie, ou ie vous promets bien
Que vous n'aurez iamais vn escu de mon bien.
Ne voyez plus Cleandre, ou l'affaire est vuidée.

LVCRESSE.

Mais sa famille est noble & fort accomodée:
Il pretend m'épouser.

LIDAME.

Croyez qu'auparauant
Ie vous ferois plutost épouser vn conuent:
Ie sçauray vous ranger, petite impertinente:
Mais comme cette affaire est assez importante,
Ie m'en vais consulter mon frere promptement,
Et n'entreprendray rien sans son consentement.

PHILIPIN.

Elle s'en va sortir tout va le mieux du monde.

CLEANDRE *esternue.*

Ha! Ha!...

PHILIPIN.

Qu'auez vous donc, Monsieur Dieu vous confonde!

LIDAME.

Quel bruit vien-ie d'entendre?

CLEANDRE.

O malheur qu'ay-ie fait!

LIDAME.

Qui vient d'esternuer dedans ce cabinet?

LVCRESSE.

Ie n'ay rien entendu, qui seroit-ce? personne.

LIDAME.

La deffaite est mauuaise & i'ay l'oreille bonne;
Auec de la clarté moy-mesme i'iray voir.

LVCRESSE.

Cleandre est decouuert! ie suis au desespoir.
Ha Madame! arrestez, donnez cette chandelle:
Rosette la tiendra,

LIDAME.

Ie n'ay pas besoin d'elle,

PHILIPIN *sortant du Cabinet.*

Il faut que ie la dupe encor malgré ses dents.

LIDAME.

Ho, Ho, c'est Philipin: qu'as-tu fait là dedans?

PHILIPIN.

Cette grande clarté me blesse la paupiere;
I'ay les yeux éblouis, ostez cette lumiere.

LIDAME.

Que peux tu dans ce lieu faire à l'heure qu'il est?

PHILIPIN.

Madame c'est donc vous! excusez s'il vous plaist,
Ie ne sçay ce que c'est que d'vser d'artifice:
Dormir comme vn sabot estoit mon exercice.
Pendant vostre souper me trouuant vn peu las
Ie me suis assoupy sur vne chaire à bras;
Où sans perdre de temps, comme c'est ma coustume,
I'ay ronflé tout ainsi que sur vn lit de plume
Et i'auois vn quart d'heure à peine sommeillé,
Lors qu'en esternuant ie me suis reueillé.
Si l'on en croit Albert iadis grand personnage,
S'éueiller de la sorte est vn mauuais presage,
Et pour ne pas celer aussi la verité,
Ce sot eternuement m'a fort inquieté.

LIDAME.

Oserez-vous encor dementir vostre Mere?
On n'esternuoit point, c'estoit vne chimere.
Ie n'ay pas grace à Dieu, faute de iugement,
Et ne me laisse point duper facilement.
Toutes vos actions doiuent fort me desplaire;
Et ie vais tout à l'heure en aduertir mon frere.

CLEANDRE *tombe & fait tomber des escabelles.*

Elle s'en va, sortons! ha Ciel quel contre-temps!
Que ie suis mal-heureux!

LIDAME.

Qu'est-ce encor que i'entends?

ROSETTE.

Ton Maistre Philipin manque bien de ceruelle.

PHILIPIN.

S'en faut-il estonner? est-ce chose nouuelle?

LIDAME.

Qui dans ce cabinet peut faire vn si grand bruict?

PHILIPIN.

Quelqu'vn quand ie dormois s'y peut estre introduict;
Ie veux m'en éclaircir auecque diligence,
Et sur le champ moy mesme en prendre la vengeance,
On en veut à vos biens.

LIDAME.

Dis, dis à mon honneur.
C'est Cleandre, ouy c'est luy, ce lasche suborneur
Qui veut deshonnorer vne famille honneste.

PHILIPIN.

Madame! si c'est luy, par la mort, par la teste
Il se repentira de ce qu'il entreprend;
Si i'ay le corps petit, i'ay le courage grand.
Donnez moy ce poignard auec cette lumiere
Et de peur d'accident, auancez la derniere.
Il payera l'amende & plus cher qu'au marché,
Et si ie ne le trouue, il sera bien caché.

LIDAME.

Va, ta fidelité sera recompensée.

PHILIPIN *tombant & souflant la chandelle.*

A l'aide!

LIDAME.

Qu'as-tu donc?

PHILIPIN.

I'ay la teste cassée.
Dés que i'y suis entré i'ay veu non sans effroy
Vn horrible geant paroistre deuant moy
Qui d'vn bras redoutable à l'égal du tonnerre,
M'a fait du premier coup donner du nez en terre.

A soufflé ma chandelle, & m'auroit accablé
Si par vn second coup il auoit redoublé.
Ce doit estre vn esprit, & si vous estes sage
Vous ne resterez pas en ce lieu dauantage.

LVCRESSE.

Ie crains fort les esprits Madame! éloignons-nous.

LIDAME.

Celuy-cy ne doit pas estre à craindre pour vous:
Dans vostre empressement ie cognois vostre ruse;
Ce doit estre Cleandre & Philipin s'abuse.

PHILIPIN.

Ie ne dis pas que non; ie puis bien me tromper;
Mais si c'est luy Madame! il ne peut échaper.

LIDAME.

Ne me quitte donc point.

PHILIPIN.

Ie seray fort fidele.

LIDAME.

Rosette! allez là bas querir de la chandelle.

LVCRESSE.

Pendant l'obscurité Cleandre peut sortir;
N'y va pas, ...

ROSETTE.

C'est bien dit, ie vais l'en aduertir.
Sauuez-vous, il est temps.

CLEANDRE.

C'est ce que ie veux faire.

LIDAME *attrapant Cleandre.*

Il est pris, le galant!

CLEANDRE.

Que le sort m'est contraire!

PHILIPIN.

Vous tenez Philipin, ne vous abusez pas,
Peste que rudement vous me serrez le bras!

LIDAME.

Quoy c'est toy Philipin! ce succez m'embarrasse:
Ie croyois auoir pris nostre fourbe en ta place.

PHILIPIN.

Pleust à Dieu qu'il fust vray que le Ciel par bonheur
Eust en vos mains liuré ce lasche suborneur!

LIDAME *prenant la main de Cleandre vne seconde fois.*

Ha c'est donc à ce coup, ie le tiens que ie pense.

CLEANDRE.

Vous tenez Philipin.

PHILIPIN.

Dieu, quelle impertinence!

LIDAME.

L'artifice est grossier, ie connoy bien sa voix.

PHILIPIN.

Ouy vous tenez Cleandre, il est pris cette fois,

LIDAME.

Au voleur, au voleur, viste de la chandelle,

LVCRESSE.

Tout est perdu Rosette! ha fortune cruelle!

LIDAME.

Il me veut echapper.

PHILIPIN.

Non, non, ne craignez rien,
Ie le tiens par le bras, & l'arresteray bien.

LIDAME.

De peur que de nos mains par force il ne s'arrache,
Il faut le retenir par sa longue moustache.

PHILIPIN.

C'est fort bien aduisé, vous estes trop heureux,
Sortez & laissez nous vostre tour de cheueux.

CLEANDRE *laissant son tour de cheueux entre les mains de Lidame & de Philipin.*

Me voila deliuré d'vne estrange maniere.

LIDAME.

Hola, mon frere, amis, quelqu'vn de la lumiere!
Enfin te voila pris infame & lasche amant!
Ne croy pas m'accabler de honte impunément;
Il n'est point de pouuoir qui te puisse soustraire
Au cours impetueux de ma iuste colere;
Tu mourras fourbe! traistre! & ton sang respandu
Ioindra bien-tost ta perte à mon honneur perdu.

CLEANDRE.

O Dieu que i'ay de peine à rencontrer la porte!
Cachons nous, i'apperçoy la clarté qu'on apporte.

SCENE V. & DERNIERE.

CARPALIN, LIDAME, LVCRESSE, ROSETTE, CLEANDRE, PHILIPIN.

CARPALIN.

OV s'est-il donc caché ce filou, ce voleur!

LIDAME.

Ciel que tien-je & que voy-je! ha ie meurs de douleur!

PHILIPIN.

Ie n'ay iamais rien veu de plus drole en ma vie.

LVCRESSE.

Cleandre s'est sauvé : Dieu que i'en suis rauie!

CARPALIN.

Quelle terreur panique a vostre esprit frappé?
Ie ne voy rien.

LIDAME.

Helas le traistre est échappé!

CARPALIN.

Qui donc?

LIDAME.

Vn suborneur qui se nomme Cleandre,
Qui seduit vostre niece.

CARPALIN.

Ha ie le feray pendre!

PHILIPIN.

Nous le tenions au poil; mais tous nos soins sont vains;
Il ne nous a laissé qu'vn tour entre nos mains.

CARPALIN.

Que n'est-il demeuré! ventre, teste, ie iure
Que sa mort à l'instant eust reparé l'iniure.
Que ne le tiens-ie icy ce perfide imposteur?
I'aurois eu le plaisir de luy manger le cœur.
Ie l'aurois deuoré cet insolent, ce traistre,
Il faut chercher par tout, il se cache peut-estre.

LIDAME.

Auant vostre arriuée il sera descendu.

PHILIPIN.

Si ie le puis trouuer, croyez qu'il est perdu.

CLEANDRE *dans le Cabinet.*

Il faut tenir l'espée au besoing toute nuë.
Comment c'est Carpalin? me trompez vous ma veuë?

CARPALIN.

Il n'est point en ce lieu, Monsieur ne dite mot,
Ie trauaille pour vous, ne faites pas le sot.
Deuant que la chandelle icy fust aportée,
Il doit s'estre sauué.

LIDAME.

Ie m'en suis bien doutée
Fille lasche! esprit bas qui cheris ton erreur!
C'est sur toy qu'à present doit tomber ma fureur.
N'espere plus de moy ny bonté ny tendresse;
Ie ne veux point de fille auec tant de foiblesse,
Des plus doux sentiments mon cœur est despoüillé,
Ie ne reconnoy plus mon sang qui s'est soüillé.
Va ie te desauoüe & dés demain i'espere
De te voir enfermée en vn conuent austere.

CARPALIN.

I'estime qu'il seroit pourtant plus à propos
Pour couurir son honneur & vous mettre en repos,
Puis qu'elle est amoureuse & qu'elle en est dans l'âge,
De luy faire gouster des fruicts du mariage,

C'est

C'eſt preuenir les maux qui pourroient arriuer,
Souuent l'honneur ſe perd à le trop conſeruer.

LIDAME.

Ce moyen ſeroit bon, s'il n'eſtoit impoſſible.
Qui voudra d'elle apres vn affront ſi viſible?
Liſipe l'aime fort; mais eſtant de retour,
Il ſçaura ſa foibleſſe, & perdra ſon amour.
Qui voudra prendre vn corps dont vn autre aura l'ame?
Qui voudra l'epouſer?

CLEANDRE *ſortant du Cabinet.*

Ce ſera moy, Madame!
Daignez me l'accorder.

PHILIPIN.

O le plaiſant biais!
Hé bien fut il iamais vn amant plus niais?

LIDAME.

Ha voicy l'impoſteur dont l'amour nous offence,
Qu'il meure; c'eſt de vous que i'attend ma vengeãce;

CLEANDRE.

Mais prenant voſtre fille.

LIDAME.

Ha vrayement c'eſt pour vous;
Noſtre fille n'eſt pas vn gibier de filoux.

CARPALIN.

Sçachons quelle eſt ſa race & ſon bien tout à l'heure:
Puis nous verrons s'il faut qu'il l'épouſe ou qu'il meure.

LIDAME.

Ce n'eſt pas trop mal fait d'eſſayer la douceur
Mon frere!...

CLEANDRE.

Voſtre frere!

LIDAME.

Ouy, ouy ie ſuis ſa ſœur?

CLEANDRE.

Vous pouuiez vous paſſer d'vne ruſe ſemblable;
Ie ne refuſe point cette fille adorable,

Pour me faire accepter ce party propoſé
Il n'eſtoit pas beſoin d'vn frere ſuppoſé.

LIDAME.

Il eſt mon propre frere.

CLEANDRE.

Ha c'eſt vne impoſture!
Excuſez ma franchiſe, elle fut touſiours pure.

CARPALIN.

Ton Maiſtre perd l'eſprit.

PHILIPIN.

L'eſprit? te mocques-tu?
Comment le perdroit-il, il n'en a iamais eu.

LIDAME.

Mais le cognoiſſez-vous?

CLEANDRE.

Ie le dois bien connoiſtre

CARPALIN.

Ne vous arreſtez pas aux paroles d'vn traiſtre.

CLEANDRE.

Ha le diſſimulé, qui ne le connoiſtroit.
Ie ne ſuis pas ſi ſot que tout le monde croit.

LIDAME.

Qu'entend-ie! d'vn grand mal ie retombe en vn pire.

PHILIPIN.

Voſtre langue nous perd.

CLEANDRE.

Ie ne me puis dedire,
Tous ces deguiſements ne ſeruiront de rien.
Ie ne me trompe point, ie le cognois fort bien.

CARPALIN.

Quoy vous me connoiſſez? ha quelle extrauagance!
Où m'auez-vous pu voir, dans la nouuelle France?

CLEANDRE.

Nullement, nullement.

CARPALIN.

Ie ne ſçay donc pas où,
Dans la Californie, au Breſil, au Perrou,

Dans Portopotoſſy, dans Lima, dans Cumane?
Dans Chica, dans Cuſco, dans Tolme en Caribane?

CLEANDRE.

Faut-il auecque moy faire tant de façons?
Penſes-tu m'eſtonner par ces barbares noms?

CARPALIN.

Ce ſont tous les endroits où i'ay paſſé ma vie.

CLEANDRE.

Tu n'es iamais ſorti de ton hoſtellerie.

CARPALIN.

Parlez mieux, indiſcret!

CLEANDRE.

C'eſt trop faire le fin:
Ce n'eſt qu'vn hoſtellier appellé Carpalin,
C'eſt chez luy que ie loge & vous deuez me croire,

LIDAME.

Quoy vous logez chez luy?

CLEANDRE.

C'eſt à la Teſte Noire.

LIDAME.

Comment fourbe, impoſteur?

CARPALIN.

Ha Madame arreſtez,
Ie vais vous dire encore bien d'autres veritez.
Roſette, Philipin & voſtre fille meſme
Sont meſlez auec moy dedans ce ſtrrageſme,

LIDAME.

Ma fille! . . .

CARPALIN.

Ce n'eſtoit qu'à bonne intention.

LVCRESSE.

Ie vous ay pour Cleandre apris ma paſſion,
Et ie ne permettois qu'il fiſt ce perſonnage
Que pour vous diſpoſer à noſtre mariage.

CARPALIN.

Madame croyez-moy, vous pourriez faire pis;
Du Bailly de Nogent il eſt vnique fils.

LIDAME.

Ie te pardonne tout, s'il est fils d'vn tel Pere:
Feu mon pauure mary l'aima tousiours en frere.

CLEANDRE.

Il n'a pas de grands biens.

LIDAME.

Il a beaucoup d'honneur;
Dans vn malheur pareil c'est encor vn bon-heur.
Lucresse desormais vous peut aymer sans crime;
Mon adueu rend pour vous son amour legitime:
Ma fille, aymez Cleandre à present comme espoux.

LVCRESSE.

Iamais commandement ne se trouua plus doux.

CLEANDRE.

Pour rendre nostre ioye encore plus parfaicte,
Marions tout d'vn temps Philipin & Rosette.

CARPALIN.

Que deuiendray-ie moy?

CLEANDRE.

Nous sommes genereux,
Vous nous rendez contens, nous vous rendrons heureux.

ROSETTE.

Philipin qu'en dis-tu?

PHILIPIN.

Que veux-tu que ie die?
Ie croy voir vne fin de quelque Comedie.

ROSETTE.

Ie crains encor ton Maistre & ie tremble en secret.

PHILIPIN.

La Comedie est faicte; il n'est plus INDISCRET.

Fin du cinquiesme & dernier Acte.

LA GENEREVSE
Ingratitude.
Tragicomedie.

www.ingramcontent.com/pod-product-compliance
Ingram Content Group UK Ltd.
Pitfield, Milton Keynes, MK11 3LW, UK
UKHW021210220726
13924UKWH00003B/1446